书香中国万里行

"RED-SOFA DIALOGUE"
IN THE READING PROMOTION CAMPAIGN

书香万里

"红沙发"高端访谈录

李　忠◎主编

中国出版集团
研究出版社

图书在版编目 (CIP) 数据

书香万里:“红沙发”高端访谈录 / 李忠主编 . --
北京 : 研究出版社 , 2019.7
ISBN 978-7-5199-0655-9

Ⅰ . ①书… Ⅱ . ①李… Ⅲ . ①访问记 – 作品集 – 中国
– 当代 Ⅳ . ① I253

中国版本图书馆 CIP 数据核字 (2019) 第 136933 号

出 品 人：**赵卜慧**
图书策划：张　琨
责任编辑：刘春雨　张　琨

书香万里 :“红沙发”高端访谈录

"RED-SOFA DIALOGUE" IN THE READING PROMOTION CAMPAIGN

作　　者　李　忠　主编
出版发行　研究出版社
地　　址　北京市朝阳区安定门外安华里 504 号 A 座（100011）
电　　话　010-64217619　　64217612（发行中心）
网　　址　www.yanjiuchubanshe.com
经　　销　新华书店
印　　刷　北京印匠彩色印刷有限公司
版　　次　2019 年 8 月第 1 版　　2019 年 8 月第 1 次印刷
开　　本　710 毫米 × 1000 毫米　1/16
印　　张　18
字　　数　220 千字
书　　号　ISBN 978-7-5199-0655-9
定　　价　54.00 元

目录

序

聂震宁

“红沙发”，一道多么亮丽吸睛的风景，它不仅是我国全民阅读中一道亮丽吸睛的风景，更是中国全民阅读媒体联盟做出的一份卓越贡献。

在我国的“全民阅读”中有许多卓具创意的活动，“红沙发高端访谈”即是其中之一，而且是其中颇为引人关注，引得许多读者簇拥而至的一个。创办这项活动的是中国全民阅读媒体联盟，发表“红沙发高端访谈”的媒体正是中国全民阅读媒体联盟理事长及秘书长单位——中国新闻出版广电报。自 2015 年 1 月 16 日至 2018 年 11 月，全民阅读媒体联盟办公室从中国新闻出版广电报上精选了 4 年间的 55 篇“红沙发”访谈文章，集腋成裘，聚沙成塔，才有了今天的这本《书香万里——“红沙发”高端访谈录》。

对于我国普通读者，也许“红沙发”只是一个很吉祥、很民族的意象设计；可是对于书业界的朋友，不少人也许就会联想到著名的法兰克福书展，这个有“国际书业奥林匹克运动会”之称的书展有一个传统活动，叫作“蓝沙发对话”。此项活动主要是邀请一些有影响力的作家和出版人坐到中心场馆的一张蓝沙发上，在聚光灯下，与读者面对面交流。“蓝沙发对话”对于受邀请者，是一份荣誉——不是谁想坐到蓝沙发上都可以的；而对于读者，则是一次与作家零距离交流的好机会——坐在蓝沙发上的作家更不是谁想见就能见到的。自从2012年银川书博会的“红沙发”闪亮登场，中国书业也开始有了自己的“沙发”——“红沙发”。此后，每每出版界举办重要展会，特别是全国图书交易博览会、北京国际图书博览会、北京春季图书订货会以及南国书香节、上海书展、江苏书展等，“红沙发”总要出现，也总会引起围观。此外，在中国全民阅读媒体联盟的“书香中国万里行”活动中，“红沙发”还要在开展活动的城市甚至县城出现的。“红沙发”有着浓浓的中国风格和中国气派，坐在“红沙发”上的嘉宾，不仅要讨论出版，更要畅谈全民阅读。从四年多的情形来看，似乎大家更为关注后者，“红沙发高端访谈”已经成为我国全民阅读中一个卓具标志性和影响力的活动。

我要特别提醒各位读者的是，“红沙发”虽然很吉祥、很民族，意象很是亮丽吸睛，可最让广大读者趣味浓浓、心向往之的还是“高端访谈”，还是那些访谈的内容，这也是目下这部书最值得大家认真去读的理由。

一旦提到高端访谈，可能有人就想当然以为这些访谈的嘉宾非部长即局长，内容不是国家战略就是高头讲章，其实未必如此。全书55篇访谈文章，访谈嘉宾就有100多位，其中所谓官员者不过10人而已，而且还都是具有颇高专业水平的各级领导人。真正构成嘉宾主体的却是作家、学者、专家和出版人。请看：张炜、何建明、周大新、迟子建、刘慈欣、曹文轩、余秋雨、阎真、张石山、金波、汤素兰、安意如、伍美珍、蔡志忠等数十位作家何等声名显赫！再看各方面学者专家朱永新、阎崇年、孙华、赵法生、贺绍俊、王立群、孙云晓、孟宪实、刘运峰、陈晖、郝振省、王娟、敬一丹、王志、张海峰、袁腾飞等，足以称得上蔚为大观！

阅读与出版最具有直接的因果关系，因而嘉宾中有活跃在北京的出版人潘凯雄、苏雨恒、李学谦、蒋艳萍、赵易山、张雅山、宁肯、刘冰等，也有活跃在各省市的出版人哈九如、迟云、施俊宏、冯杰、于慧峰、沈海涛、闻宗禹、王刘纯、钟红明、朱艳玲、陈学、刘亚、孙立等，还有民营书业新锐张泉、刘强、石恢、赵健、阎丽、李建峰、刘磊、胡泊等，每一位都让我们感到志存高远、英气逼人。访谈活动并没有就此打住，而是进一步延伸到图书馆和大中小学的校园，延伸到那些最为基层的“书香之家”。如此这般，林林总总，集合而成一个色彩斑斓的嘉宾方阵，荟萃而成这部书香浓郁的《书香万里——“红沙发”高端访谈录》。

我称《书香万里——“红沙发”高端访谈录》书香浓郁，决非矫饰之言。对于许多读者，当你们看到那些如雷贯耳的作家、学者、专家和出版人的名字，难道不想去接近这些颇具神秘感的名人吗？没有冲动好奇心去听或者阅读他们的夫子之道吗？作家谈书，往往最能帮助读者理解他作品的用意和种种关节。学者专家谈书，通常会把他学问中要害处指点出来。出版人谈书，更会把他们服务读者的良苦用心一一诉说。再有，图书馆馆长们总是要苦口婆心地劝导读者多来阅读，校园阅读中的校长们已经意识到学生的阅读力决定学习力，在“书香之家”谈读书，一定会充溢浓浓的书香。而各级领导人畅谈全民阅读，总能眼观大局、下接地气，往往让人们精神振奋，从而对建设书香社会信心倍增。

作为第十、十一、十二届全国政协委员，作为一个写作者和出版人，十多年来我一直在为倡导全民阅读尽绵薄之力，也曾得到人民日报、光明日报和中国新闻出版广电报等重要媒体的关注和支持。可是，当读到《书香万里——“红沙发”高端访谈录》一书的清样时，我还是不由得感慨良多。

中国全民阅读媒体联盟于 2013 年 4 月在武汉成立，由人民日报、光明日报、中国新闻出版广电报、搜狐网、腾讯网等全国 78 家媒体共同倡建，并发表宣言：为了“聚合媒体力量，倡导全民阅读，打造书香中国，建设和谐社会”，中国全民阅读媒体联盟“将共同致力于推介优质阅读内容以引导阅读风向。以负责任的态度，把真正有文化内涵和精神价值的图书介绍给民众。共同致力于全民阅读状况的课题调研和研讨交流。共同致力于建立联盟成员之间的资源共享与业务协作机制。天下读书人是一家人，联盟将建成情感交融、信息互通、资源共享的媒体共同体，以密切协作、相互支持的实际行动形成协同优势，让‘悦读’的声音越来越响亮”。当时媒体同仁们就有了一句很有诗意的口号：“书海茫茫，媒体导航!”给我留下很深印象。

2013 年 11 月 22 日，中国全民阅读媒体联盟第一次代表大会在京召开，共有 200 家媒体参与其事。在会上，柳斌杰同志被聘为中国全民阅读媒体联盟名誉理事长，我荣幸地被聘为联盟的顾问。自那以后，全国共有

200 多家报纸、广播、电视、新媒体开辟了读书版、读书栏目（节目），为营造“多读书、读好书、善读书”的浓厚舆论氛围做出很大贡献。凡此种种，完全出于一批优秀的媒体人的责任感、使命感，出于他们的文化自觉。

我从来不大相信媒体的客观性。一个媒体，与其说是在客观报道事实，不如说是科学地报道事实。所谓科学，指的是正确和公正，而这一切正是出于媒体自身的价值取向和认识能力。现在，我们有那么多媒体自觉主动地为全民阅读鼓与呼，在茫茫书海中为读者导航，推进学习型社会建设，正好表明这些优秀媒体人不仅在客观报道全民阅读，而且在自觉主动地深度参与全民阅读。试想，倘若没有如此之多优秀媒体人的辛勤劳作，如此之多而又如此有影响力且与全民阅读密切相关的知名人士，怎么可能为广大读者奉献出如此优质的内容，又怎么可能为广大读者奉献《书香万里——“红沙发”高端访谈录》这部内容丰富的好书？为此，当中国全民阅读媒体联盟通过访谈报道向许多全民阅读知名人士致敬的时候，我们也要向中国全民阅读媒体联盟多位优秀媒体人致敬！

是为序。

2019 年 6 月 25 日

（作者系中国出版集团公司原总裁，现任韬奋基金会理事长、中国出版协会副理事长。）

CHAPTER ONE

第一辑

深化行业改革　推进全民阅读

文 / 李明远

嘉宾： 全国人大教科文卫委员会主任委员、中国出版协会理事长、中国全民阅读媒体联盟名誉理事长　柳斌杰

主持： 光明日报社记者　李苑

“我国文化体制改革释放了活力，出版业走上自信自强发展道路。”2015 年 1 月 9 日上午，全国人大教科文卫委员会主任委员、中国出版协会理事长、中国全民阅读媒体联盟名誉理事长柳斌杰在巡视 2015 北京图书订货会展场后，来到中国新闻出版传媒集团展台参与了“红沙发”系列访谈。

订货会人气旺　出版业信心强

“红沙发”访谈开始，柳斌杰首先向观众讲述了自己巡视订货会展场的感受。

柳斌杰在访谈中说，2015 北京图书订货会亮点纷呈，让出版界人士和读者都感到面貌一新、丰富多彩。一是精品荟萃，充分展示了出版大改革的成果。出版业的改革是走在我国文化体制改革前列的，通过转企改制、股份制改造和上市等几大步，走上市场轨道的出版社充满发展活力，在体裁、选题、作者、品种等方面体现出很强的竞争力，特别是大集团、大出版社，都注重重大出版选题和学术品位，成就了精品主导、品牌主打、百花齐放的新“书园”。二是释放活力，出版产品上了新台阶。这次订货会不同于以往，是一个出版活力和能力的竞争盛会。主旋律作品变成畅销书，一些时政类图书发行量达到百万册以上；学术著作的比例不断上升，中外著名思想家、学者的图书琳琅满目；文艺、少儿作品非常丰富，出现了一批质量高、艺术性强、创作方法新、有吸引力的文艺、少儿图书。三是创造出新，中国图书的原创力空前高涨。相当多的原创作品代表了当前科学家、理论家、艺术家、文学家的创作水平，特别是一些有影响力的作家，也创造了一些新的作品内容和表达方式，一扫过去崇洋媚俗、跟风炒作的习气。这符合当前改革创新和向全世界传播中华文化的大趋势。四是人气很旺，展场活动处处观众爆满。专业的观众越来越多，知识界人士、使馆人员也不少。所有场馆举行的活动都是出版商、经销商、作者、读者相互交流、洽谈贸易、业务合作的商务平台，这是一个非常好的现象。在我们以市场为导向举办的特色书展上，这种局面还是首次出现，不是官办的形式主义的模式，是务实的。

全面深化改革　发展机遇更多

刚刚过去的 2014 年被称为融合发展元年。柳斌杰在访谈中指出，传统出版、新媒体出版、数字出版按照国家的政策正在加速融合发展，新的业态、新的产品、新的技术等方面都要融合，这需要出版业深化改革。“传统媒体和新兴媒体融合发展的前提是深化改革。不深化改革，体制不变，就难以解决媒体融合发展问题。”

2015年是深化改革发展的关键之年，加快文化领域改革为出版业发展带来了新动力。柳斌杰说，中央已经通过了继续深化文化体制改革的方案和意见，今年将会加快文化领域改革，一批出版集团要上市，一批出版社要重组，这会全面搞活文化出版机构，给我们带来新的动力。今年开年就研究文化体制改革，说明中央对这个问题非常重视。出版业的改革要打好兼并重组、“三跨”发展、建立现代企业制度几个硬仗。2015年是“十二五”规划的收官之年，也是规划未来五年的一年。对此，柳斌杰表示，出版界要全面完成“十二五”规划的重点出版项目和国家工程，全面展示“十二五”的出版成果。这是一个重要机遇，各个出版社都做了大量工作，今年还有更多新作品、新成果奉献于世。今后五年，是非常关键的五年，这五年我们要迎来新中国70华诞，要全面建成小康社会，要迎接建党100周年，我们的市场体制改革也将基本定型。国家对图书出版项目的支持越来越多，“十三五”规划会将一批对中国有影响的图书选题项目列入新的规划，会对出版社发展有很大推动。

此外，柳斌杰强调，实施“一带一路”战略将为出版业发展带来新机遇。丝路书香工程作为新闻出版业唯一进入国家“一带一路”战略的重大项目，已经获得批准立项。“一带一路”战略沿途涉及几十个国家，不同国家间的文化交流主要靠语言、文字、图书出版交流，这对中国出版业来说是一个重大机遇。要用好这个合作平台，通过翻译、合作、图书贸易、合资发展等加大“一带一路”战略实施，推动中国出版与相关国家同台竞争、共同发展。

推进全民阅读 做好图书推荐

“未来我国从财政政策到国家法律，都会把全民阅读当成国家文化基础建设的一件大事，给予重点保障。相信建设书香中国的进度将大大加快，全民阅读活动在中国会越来越好。”柳斌杰的一席话令不断推进全民阅读工作的出版界人士深感欣慰。

柳斌杰说：“在中央财政和地方财政的支持下，几年时间内，60 万个行政村的图书室建立起来了，也就是村村建立了农家书屋，10 万个企业建立了职工图书室，大城市建立了流动人口图书室，解放军的连队里建起了军营图书室。这些工作就是为全民阅读做物质上的准备。全民阅读首先得有书。”

对于人民群众面临的如何选择图书的问题，柳斌杰分析说，书很难从一个方面来评价，读者有读者的需要，专家有专家的看法，官方有官方的要求，大家的选择是很多的。这种情况就需要专业的介绍、负责的推荐和引导。我们要继续加大力度，用公众文化的平台，利用一切形式向读者推荐好书，引导读者在书海中畅游。

针对推荐好书的主体与形式，柳斌杰提出了自己的建议。比如，领导干部推荐图书的影响力就非常大，一些国家领导人推荐的几本书在全国都畅销了，一些省委书记也经常向干部推荐图书。毛主席当年每次会议上都为干部推荐几本书，这个方法是很好的。像图书馆、学校、图书室这样一些主办阅读活动的单位，也应该主动地给读者推荐好书。一些地方请作者参与阅读活动，与读者见面介绍书很受欢迎。书评、竞赛也是引导阅读很好的方法。还有很多书店创造了一些多功能阅读空间，为引导读者读好书提供了更多的选择，也是为全民阅读创造条件。

柳斌杰说，我们也要对图书推荐中的一些跟风炒作、误导读者甚至虚假宣传的问题予以注意，要加强引导和规范。要注重发挥主流媒体在阅读引导中的独特作用，向广大读者多做些专业的、负责的、权威的推荐。

悟语

传统媒体和新兴媒体融合发展的前提是深化改革。不深化改革，体制不变，就难以解决媒体融合发展问题。

我们要继续加大力度，用公众文化的平台，利用一切形式向读者推荐好书，引导读者在书海中畅游。

——柳斌杰

（2015 年 1 月 16 日《中国新闻出版广电报》）

与君同行　与读共悦

文 / 李明远

嘉宾：著名文化学者　余秋雨

山东教育出版社社长　刘东杰

主持：中央人民广播电台主持人　贺超

1 月 8 日下午 2 点，在 2015 北京图书订货会现场，中国新闻出版传媒集团的展台被观众围得水泄不通。著名文化学者余秋雨以“全民阅读中的悦读之道”为主题做客“红沙发”访谈。访谈现场气氛热烈，余秋雨介绍了新作《秋雨合集》，向观众解说了他倡导多年的人生之道，并和山东教育出版社社长刘东杰一起畅谈了对全民阅读的认识，他们的分享让观众乘兴而来、满载而归。

创作不要丢掉高层思维

“这部合集，其中有我 10 年来的演讲、20 年来的国际考察、30 年来的学术研究。除了这3个时间段之外，还可以看到我对中国古代经典的翻译和论述，我把庄子、屈原等人的作品翻译出来，并用书法写下来。我对书法和古典文学的投入大概有四五十年。”访谈现场，余秋雨说《秋雨合集》是他“倒过来的一生”的总结。

《秋雨合集》首次集结了余秋雨全部文学、学术、书法精品，用刘东杰的话说，“不是一种简单的复制”。余秋雨对每本书逐一修订、厘定归集，续写新篇，添加新作。在编辑过程中，余秋雨重新对自己的作品进行梳理。“我感觉需要修改的地方有不少，因为中国近二三十年的变化太多，我们对世界的了解也不断加深。”故而，余秋雨结合时代变化、社会变迁、最新发现，对一些文章做了比较大的修改。

错的地方要修改，对的地方则要坚持。余秋雨认为自己当年所选择的把高层思维和通俗表达结合在一起的实践，这条路是对的。他在现场介绍《文化苦旅》的创作背景时说，“文化大散文”语言要尽量诗化、美丽，这种语言为读者大众所接受，“通俗的时候不要丢掉高层思维，有了高层思维不要放弃和一般读者的对话，这是我整理时候的感触”。

谈起写作时的心情，余秋雨说：“每一种工作和每个人内在的心理结构有一个同构关系，如果你去做一个和你心理结构没有关系的事情，就叫‘强扭的瓜不甜’，每天都很辛苦。”他也说，写作的人不要完全投入于一件事情上：“我写作写得累了的时候就写毛笔字，写学术作品写累了就写小说、写剧本，这样就会觉得其乐无穷。”

让另一位嘉宾刘东杰感到快乐的事是出版精品力作。他在访谈中说，《秋雨合集》对广大读者，尤其是对年轻人来说，在世界观的树立、道德的修养、文化的修养以及人生的追求方面，都是一套非常好的教科书。山东教育出版社在做好教育出版的同时，把文化担当放在首位，希望今后能为社会推出更加有品位、有内涵、有价值的精品图书，来守护、解读、传承和发展中国的传统文化。

阅读重在精读经典

当回答对于推广全民阅读的看法时，余秋雨很认真地说道："推广全民阅读永远是件好事。"但他也希望年轻人不要把"阅读"这两个字的概念扩大化，不要把通过手机阅读海量信息看成全社会所提倡的全民阅读。

对于如何阅读传统经典这一问题，余秋雨说，要提升全民阅读的质量，既要阅读中华文明和人类文明的一些基本读物，也要读一些现代作家、学者辛苦撰写的精品图书。在《何谓文化》一书《身上的文化》这篇文章里，余秋雨以一个简单目录作例证，用以说明对于非研究人员而言，至少应该浏览和记诵一些必要的文本。这其中，余秋雨不仅列出《诗经》《论语》《老子》《孟子》等名篇的名称，还写出了其中必读的详细篇目。在"红沙发"访谈现场，他表示希望读者能下决心腾出时间，认认真真把经典读得更深入一些。

刘东杰在访谈中表示，山东教育出版社要成为推广全民阅读的排头兵，"我们计划今年以宣传弘扬齐鲁文化作为推广全民阅读中的核心内容。加大投入，成体系、成规模地开发选题，面向学校、家庭、社会三位一体；成立相关编辑部门，比如成立宣传教育编辑室，专门做全民阅读工作；通过开展多种活动来推动青少年、全社会爱读书、读好书。山东教育出版社计划今年在小学生中开展'中华经典诗文诵读比赛'，在中学生中开展‘文明基因孝·诚·爱征文大赛’，通过这些活动将全民阅读落到实处。”

做君子是时时刻刻的选择

“我们现在讲提升中华文化，说到底是提升国民的集体人格。做政治家、军事家、企业家、农民都可以，但首先要做个君子。”余秋雨在访谈中概述了自己近年来“反复讲到处讲”的“君子之道”：君子之道的核心价值是道德，要以德服人；在与他人相处时，要与人为善、成人之美、周而不比；君子的气质应该体现为坦荡荡、“君子有礼”；君子的思维方式一定不极端，是中庸之道。

“如果中国人多年以后都用君子之道要求自己的话，社会就会变得更好。”余秋雨说，君子之道是种向往，它体现为见贤思齐的过程。“我们每个人心中都有君子的因素，也都有小人的因素。每个人每时每刻都要面临做君子和做小人的选择，关键在于我们如何选择。你一生的选择决定你的本质，你每天主要是选择做君子，那么，最后你的本质是君子，这就很好。”面对主持人的“现代人想要践行君子之道应该怎么做”的提问，余秋雨认为，可以从一些小事情开始与人为善。“如果内心有君子之道这个意识，用非常愉快、成人之美的眼光来看事情时，你的目光就是君子的目光。君子之道是可以每时每刻修炼的。”

聆听了余秋雨对于君子之道的讲述后，不仅观众受益匪浅，在场的另一位嘉宾刘东杰也讲述了自己的收获。他说，2015 年山东教育出版社首先还是要把产品研发好。作为教育出版单位，要转换之前的思维模式和运行模式，切实服务好读者，走到读者中去；要到学校去进行深入调研，使研发的教育出版读物更能满足学生的需求；在技术创新上，要利用现代的网络技术、数字化技术，把产品开发成多功能、满足不同读者阅读需求的产品。君子之道对于出版人来讲，就是保证产品质量。要严把图书质量关，在内容质量、编校质量以及图书功能上下功夫，对读者负责。“对于今后的工作，我想用《论语》中‘学而不思则罔，思而不学则殆’来总结，我们要多思、多想、多行，为社会真正地出一批好书，做一些有意义的事情。”刘东杰说。

悟语

推广全民阅读永远是件好事。

君子之道的核心价值是道德，要以德服人；在与他人相处时，要与人为善、成人之美、周而不比；君子的气质应该体现为坦荡荡、“君子有礼”；君子的思维方式一定不极端，是中庸之道。

——余秋雨

我们计划今年以宣传弘扬齐鲁文化作为推广全民阅读的核心内容。

作为教育出版单位，要转换之前的思维模式和运行模式，切实服务好读者，走到读者中去；要到学校去进行深入调研，使研发的教育出版读物更能满足学生的需求。

——刘东杰

（2015年1月16日《中国新闻出版广电报》）

文字滋养心灵　写作相伴一生

文 / 李明远

嘉宾： 茅盾文学奖得主、黑龙江省作家协会主席　迟子建

中国出版集团副总裁、评论家　潘凯雄

主持： 中央人民广播电台主持人　贺超

1 月 8 日下午 3 点，“红沙发”访谈迎来了茅盾文学奖得主、黑龙江省作家协会主席迟子建，中国出版集团副总裁潘凯雄两位嘉宾。迟子建的高人气让访谈现场聚集了一批忠实读者，他们手里捧着迟子建的新作《群山之巅》认真聆听访谈。在现场，迟子建讲述了创作《群山之巅》背后的故事，为观众声情并茂地朗读了该书后记中的小诗，并与潘凯雄围绕当今时代的阅读状况、作家的写作理念等话题分享了观点。

创作带来的幸福无与伦比

当回答主持人《群山之巅》描述了怎样的故事的提问时，迟子建将问

题推给了潘凯雄。潘凯雄表示，读者在阅读这部新作时，一定会关注迟子建是怎样写这部作品的。“这部小说时间跨度有几十年，大大小小的出场人物几十个。全书通过东北边陲的一个小镇的日常生活，折射出大时代的变化，以及在这个大时代变化当中各色人等的生活状态与心态。”

静下心来阅读过《群山之巅》后，潘凯雄认为，这本书是迟子建在结构上非常用心、非常讲究的一部作品。他在访谈中说，从《伪满洲国》到《额尔古纳河右岸》再到《白雪乌鸦》，迟子建的长篇作品每一部的结构方式都不一样，她采用的结构与她想表达的内容有密切的关系。“《群山之巅》的结构是环形的链式结构，小说从一场杀人案开始，到结局杀人案被侦破，形成了一个环形的链条，每部分的链条中又有小故事，当一个链条结束的时候又会出现另外一个人物，这样的结构很自然地把大的时空和丰富的生活信息传递给大家。”迟子建说。

“创作心仪的长篇小说时，就像一个人在追求另一个人，经过漫长追求最终取得成功，这种甜蜜和幸福是无与伦比的。”创作 30 余年，出版了 7 部长篇小说，迟子建认为自己的创作之路走得比较坚实，而创作这部描摹社会群像的《群山之巅》，是一件特别的事情。她通过写小说中那些卑微的人物活着的艰难，写出他们内心的理想和信念，灵魂的挣扎，以及人和人之间的温暖。“社会生活的每一个侧面，通过小镇人物身上的痛苦、喜乐、哀愁体现出来。”

“心里身外，天上人间，一样的花影闪烁，一样的五谷丰登！”迟子建在现场朗读了后记中的小诗，这首诗是她 50 岁写完《群山之巅》后创作的。“到了 50 岁，可以说我看见了之前所看不见的，这可能也是心境使然。写完这首诗后，果然觉得情绪得到了宣泄。”迟子建说。

每一本书都是一棵绿树

主持人提问出版业如何应对当今时代阅读的变化时，潘凯雄分析说："社会上的确有很多对于阅读担忧的议论，从广义来说，阅读率肯定是上升的。出版单位和媒体应该做实实在在的事情，如实地把图书内容上的优点和特点传递给读者。因为读者如果关心阅读，他真正关心的是作品的内容是什么以及作者是如何写这部作品的。我们做阅读推广时，也应该紧紧围绕着这两个话题来展开。"

潘凯雄认为，目前快餐式图书的成绩在下滑。而很从容地调动文学手段，把大事件、大时代用文学方式张弛有度地书写出来，这样的长篇小说，我们不必担心没有读者。"出版社应该更加重视图书的质量而非品种、数量，媒体不能一直围绕作家收入等与图书内容、质量无关的话题大做文章。"

面对主持人对于影像与文字两种"阅读方式"的对比，迟子建表示："《红楼梦》中'白茫茫大地真干净'，这是一种人生的历练，很难用影像展现。电视剧都会通过故事情节调动观众的胃口，但小说不是这样。小说是作家在融入了对社会的判断以后，丝丝缕缕、一点一滴形成了自己的文字。我相信任何年代的受众，手捧好书而读的时候总会有一种愉悦感，这种感觉永远不会过时。"迟子建举例说，雨果这样一个伟大作家，我们现在读他的作品时依然能够被震撼，这是文字的魅力。我们也会看《悲惨世界》的影视作品，但是没有我们看雨果对法国大革命文字描写时的那种震撼。"在这样一个喧嚣的时代，文字对人的滋养就像我们需要一棵树一样，每一本书都可以作为一棵绿色的树给我们提供新鲜的氧气。"

生活是凡人的欢笑和眼泪

《群山之巅》以“一世界的鹅毛大雪，谁又能听到谁的呼唤”为结尾。当主持人询问这是怎样的一种状态时，迟子建回答说：“一个作家沉浸在作品中、跟人物共融的时候，这个世界就是一片鹅毛大雪，非常寂静，你听不到任何声音。因为与你共生共融的是你作品中的人物，他们虽然不说话，但是活在我的心里，所以那个时候觉得世界是寂静的。”

迟子建在《群山之巅》一书后记中写道：“生活并不是上帝的诗篇，而是凡人的欢笑和眼泪。”这引起了主持人对于她乐于创作小人物这一倾向的好奇。对此，迟子建说：“我作品的一大特色是，不管多么宏大的历史背景，我都是用小人物构筑的。小人物身上承受并体现着人生的风霜雨雪，文学就应该描写这些。”在迟子建看来，小人物是文学的“珍珠”。她在《伪满洲国》中写到溥仪，在《白雪乌鸦》中写到将哈尔滨人民从鼠疫中挽救出来的医生伍连德，都是通过捕捉细节、用写小人物的笔法来创作的。

谈到 2015 年的写作计划，迟子建表示：“写作计划都是自己的隐秘爱人，说出来以后就不神秘了。只能说写完《群山之巅》后，我会进行一段时间的休整。写作确实是我的挚爱，我想我依然会写，继续投稿，争取多发表些作品。”

谈及写作对于人生的影响，迟子建充满感情地说：“写作与我的生命是相依相伴的。写作是我的一个隐形伴侣，世界上很多的人和物可能会渐渐离我而去，成为历史和记忆以及生活和时代的一个部分，但是写作一定会跟我走到地老天荒。”

悟语

创作心仪的长篇小说时，就像一个人在追求另一个人，经过漫长追求最终取得成功，这种甜蜜和幸福是无与伦比的。

我相信任何年代的受众，手捧好书而读的时候总会有一种愉悦，这种感觉永远不会过时。

——迟子建

出版单位和媒体，应该做实实在在的事情，如实地把图书内容上的优点和特点传递给读者。因为读者如果关心阅读，他真正关心的是作品的内容是什么以及作者是如何写这部作品的。我们做阅读推广时，也应该紧紧围绕着这两个话题来展开。

——潘凯雄

（2015年1月16日《中国新闻出版广电报》）

阅读经典　走近大师

文 / 李婧璇

嘉宾： 北京航空航天大学法学院教授　赵明

北京大学经济学院教授　苏剑

北京师范大学哲学与社会学学院院长　江怡

商务印书馆总编辑　周洪波

主持： 光明日报社记者　李苑

经典就是大浪淘沙的产物，它经过不同时代的人反复遴选，代表着一个时代的思想高度。而品读经典就是和伟人对话、和有智慧的人进行心灵沟通的过程。1 月 9 日上午，北京航空航天大学法学院教授赵明、北京大学经济学院教授苏剑、北京师范大学哲学与社会学学院院长江怡与商务印书馆总编辑周洪波共同做客“红沙发”访谈，就商务印书馆新推出的“大师文集”系列图书，与现场读者共同品读学术大师们的经典之作，畅谈星光璀璨的学术群星谱，向学术大师们致敬。

引领思想文化发展

“大师文集”里面很多专家的著作，都曾经以单行本或者翻译本出版过，而此次以全集的形式出版，是商务印书馆集纳原有的优质出版资源，推出经典名著的升级版。对此，周洪波表示：“以作者为线索，是一个更高层面的学术总结，也更便于厘清大师的学术发展脉络。”

“大师文集”着眼于那些代表人类学术思想巅峰，并对当下社会依旧有着巨大影响的名家，集纳其经典著作乃至全集，选取最佳原本精心翻译，以求为学界和读书界留下可供传世的范本。“大师主要体现在能够引领社会思潮，能够带领人类在思想领域不断地探索，能够获得新的知识，这些都在‘大师文集’中得到了充分体现。”江怡举例道，如其中的《斯宾诺莎文集》《黑格尔全集》《卢梭全集》等，都体现了当代所需要的多元化思想的引导，同时也指导我们知道在人类历史上曾经有哪些大师给我们留下了宝贵的思想遗产，“我相信它对引领中国思想文化的发展会起到非常重要的作用”。

在赵明看来，以文集的形式推出大师的著作，更多的是向读者展示大师丰富的人生和思想，尤其是思想系统的生命流程，进而让我们在生命的流程当中学会思考、学会生活。“这个时候我们发现自己是社会生活当中的一个有机部分。如何把握自己的角色，如何把自己的部分融合于社会整体当中，使得整个社会都呈现出一种生命和谐的持续状态。”赵明阐释自己对于“大师文集”出版的个人领悟。他强调，走近大师最好暂时放下所谓的专业眼光或专家眼光，以心对心地去交流、倾听和倾诉，这样才能真正走进大师的灵魂和思想。

指导认识现实生活

正所谓“旧书不厌百回读，熟读深思子自知”。阅读如“大师文集”这样的经典作品，对于时下的我们具有哪些现实意义？围绕此话题，现场访谈嘉宾各抒己见。

在赵明看来，经典阅读的意义并不在于为我们的阅读生活提供一个所谓的经典命题，或者一个很悬乎的解答，或者一个很深奥的逻辑，“最重要的是我们真正能够以心对心，与大师展开沟通和交流。大师是平和的、平易近人的”。阅读经典的问题在于我们对经典的把握程度以及真正在我们的生命当中所能体验到的深度。“我不认为大师是高高在上的，或者是离我们很远的一个伟大的先贤。我总是把大师看成跟我们一样，这样我们才能走进他的灵魂，而大师也才能走进我们的内心。”

“经典书籍可以流传几百年甚至上千年，包含了各种非常核心的内容。而其提出的问题，对未来的解答、预言，都经受住了时间的检验，读者从经典里面能够挖掘越来越多的金矿。”苏剑畅谈自己对于经典的看法，“经典之所以成为经典，在于不同的人从中品读出不同的意味，角度不同、阅历不同以及面对新的形势，均能读出不同的内容，这就是经典所在。”

在江怡看来，应从作品所蕴含的思想的深刻性、历史的穿透性等角度，来看待类似“大师文集”这样的经典作品。江怡表示，阅读伟大思想家的著作，是为了指导我们当下的生活，为我们提供一种思想的指南，行动的指南，帮助我们更好地认清当今的社会，特别是更好地认清自身。“阅读经典，实际上就是阅读人类历史给我们留下的思想和文化遗产。而通过阅读可以更好地理解今天的人类应该怎样做才能做得更好，我们怎样在这个社会中生活得更好。我相信这是我们阅读大师、阅读经典的重要目的。”

推广普及经典阅读

阅读需要引导，更需要指导。对于身处教学一线的三位访谈嘉宾来说，如何有效地引导自己的学生阅读经典，他们有着各自的秘籍。“我的课堂无论是本科生还是研究生，基本上都是以原著阅读为主，而且都是阅读哲学家的经典著作。我会让学生从本科时就开始读《社会契约论》和《论人类不平等的起源》这两本具有代表性的著作。”江怡谈到自己对于学生的阅读指导时如是说。在他看来，向学生推荐“大师文集”这样的作品阅读，有助于为学生提供深刻的思想资源的参考，“通过阅读大师的整个著作体系来更完整地了解它的思想体系。”

据赵明介绍，其本科教学中开设的中西方人文精神导读一门课程，开设至今已有 10 年，每一次讲课的书都源自商务印书馆出版的人文经典丛书，他在给学生推荐的书单中也包括《理想国》《论人类不平等的起源》等原著书单。而像“大师文集”这样的系列图书也会成为他向学生荐书的首选，对此，苏剑也表示认同。而作为商务印书馆的老读者，苏剑也根据自己的阅读体验对出版社提出了建议：“对一些名著需要多加一些注解或者解读，尤其是其中的一些重要事件，读者不知道可能读不懂，所以这一点需要做一点解释说明，或者针对名著出版一些解释性的书。”周洪波对此表示认同，他说，商务印书馆将继续借助专家们的力量，使大师的“宝藏”经过转换，让更多的读者能够读懂享用。

在江怡看来，普及经典阅读，需要专家、学者、出版社等多方的共同努力，“如果没有普及，普通的老百姓是很难理解大师们的思想精髓的。我们应该推出面向大众的普及性读本，让普通的读者在短时间内了解大师们的思想，让他们都能进入大师的思想当中”。对此，周洪波表示，商务印书馆将和专家一起积极推动大师思想普及化工作，“让大师的思想通过专家们的再次开发走到中学课堂中，甚至走到小学高年级课堂中，或者走到社会大众中，让更多的人来分享大师的智慧”。

悟语

我不认为大师是高高在上的，或者是离我们很远的一个伟大的先贤，我总是把大师看成跟我们一样，这样我们才能走进他的灵魂，而大师也才能走进我们的内心。

——赵明

经典书籍可以流传几百年甚至上千年，包含了各种非常核心的内容。而其提出的问题，对未来的解答、预言，都经受住了时间的检验，读者从经典里面能够挖掘越来越多的金矿。

——苏剑

阅读经典，实际上就是阅读人类历史给我们留下的思想和文化遗产。而通过阅读可以更好地理解今天的人类应该怎样做才能做得更好，我们怎样在这个社会中生活得更好。

——江怡

商务印书馆将继续借助专家们的力量，使大师的“宝藏”经过转换，让更多的读者能够读懂享用。

——周洪波

（2015 年 1 月 16 日《中国新闻出版广电报》）

重温那段激情燃烧的岁月

文 / 李婧璇

嘉宾：《雪域长歌》作者　张小康

中国藏学研究中心研究员　王勉之

主持：北京电视台“书香北京”主编　白钢

提起西藏，我们会自然地联想到宏伟的布达拉宫、巍峨的雪山、澄澈的天空、纯洁的雪莲花……这片让人心神向往的热土不仅留下了游人的足迹，更刻有西藏建设者们的印记。

1 月 9 日上午，《雪域长歌》作者张小康和中国藏学研究中心研究员王勉之做客“红沙发”访谈，与现场读者回望那段激情燃烧的岁月，走进那段渐行渐远的历史。

讲述平凡人的不平凡之事

张小康的父亲是中央军委原委员、中国人民解放军 18 军原军长、西藏军区第一任司令员张国华中将，母亲是一名经济工作者，父母二人均是1950年进藏工作。自幼与父母分隔两地的她却有着浓厚的西藏情结，“我出生在一个与西藏割舍不了关系的家庭里。”西藏对于她而言，是父母经常挂在嘴边的地方，既熟悉又陌生。

为了纠正一些人对西藏认识的刻板印象或错误印象，还原真实的西藏建设史，张小康决定用文字记录并讲述默默无闻、甘心奉献的西藏建设者的故事，于是就有了这本《雪域长歌》。

“我根本就不是搞文字工作的，其实我写得还不够好。”做医生的她对于自己的这部处女作仍有遗憾。8年的创作时间，张小康先后邀请过两位专业作家试写这部作品。“可能是因为他们没有到过西藏，没有像我这样的切身感受，也无法将这些故事淋漓尽致地呈现。”最后，在周围朋友的鼓励和帮助下，自言“咬着牙写”的张小康终于完成了这部逾50万字的作品。

在这部纪念和缅怀父辈光荣岁月的作品中，张小康却对父亲着墨不多。在她看来，像父亲这样的领军人物已经被历史记录，而跟随他们一同进藏的几万名普通的干部战士却鲜为人知。

“他们的奉献一点也不亚于我爸爸他们，仅仅是职务分工不同而已，但是他们的牺牲精神却是一样的，我应该把他们记录下来。”张小康说道。

“这本书的主题就是要让人们知道，中国人民解放军应该是什么样，共产党应该是什么样，党员干部应该是什么样。”张小康坦言该书的创作主题，通过这些普通党员干部的事迹告诉读者西藏老百姓是如何相信党、拥护党的。

完整再现和平解放西藏图景

为了真实且生动再现 60 多年前人民解放军进军西藏、和平解放西藏的那段岁月，张小康先后采访近 200 名亲历者，整理这些口述者的文字资料就过百万字。谈到寻找这 200 名亲历者的缘起时，张小康十分感谢中国科学院原院长路甬祥办公室的工作人员。“到现在我都不知道他的名字。当时我跟他电话沟通之后，他帮我提供了一些可以采访的人和他们的联系方式。”顺着线索，张小康一个个地找下去，从北京、上海、沈阳、西安、成都、郑州、开封……“通过一个人，他向我讲述了故事我就会问他，还有谁能提供这些呢，他跟我讲另外一位知情人，我就再去找。”

王勉之正是这近 200 名亲历者之一，他的故事也在这本书里。他对张小康的这部作品如是评价：“这本书全景式、史诗般地记述了当年解放军进军西藏、解放西藏的历史。”

在王勉之看来，如果要全面解读进军西藏这段历史，有三支力量不能忘记，一支力量是当时随着 18 军进藏的西藏工作队，这支西藏工作队非常不简单，它包括著名的社会学家、医学家、气象学家、矿产学家、地质学家等。“经营西藏的重担就落在了这些西藏工作队成员的身上。如果没有他们，西藏是不可能经营好的。”另一支力量是当时随着 18 军进藏的文工团，他们跟随部队一同作战、一起开荒生产、一起做群众工作，并用文艺形式来传达、宣传当时的政策。还有一支力量是没有跟随 18 军进藏、留守四川的部队。“他们在四川建立了 18 军的第一个幼儿园、第一个小学，他们把进军西藏这些干部的孩子留在了四川，既当校长又当老师，既当爸爸又当妈妈，慢慢抚养这些孩子。”王勉之说。

“到目前为止，有关进军西藏的著作中，这是我所看到的最全景、最完整的一部著作。”王勉之动情地说道。因为在这本书里，很准确、全面地书写了各方面力量对于解放西藏、建设西藏作出的贡献。

长期建藏　边疆为家

张小康用50万字、近百幅珍贵历史照片，全景式地记录了解放西藏，修筑康藏、青藏公路，建立民主政权，平息叛乱，民主改革等重大而宏伟的历史片段。

书中提到了进军西藏有“三难”：一难是西藏的自然环境，高原缺氧、寒冷，且自然环境多变；二难是后勤补给难；三难是宗教习惯及西藏当时的农奴制。在谈到上述困难时，张小康抑制不住内心的情绪，数度哽咽。她动情地说：“当时的川藏公路是18军用手修出来的，几乎每一公里都牺牲一名战士，3000名烈士都留在了那里。”而张小康的姐姐楠楠，这个时年3岁的小女孩成为18军进军西藏的第一位牺牲者。

“进军西藏只要迈腿就会步步难，今天将这些困难归纳为‘三难’更具有文学色彩。”王勉之说道。在他看来，“老西藏”精神的核心价值是“长期建藏、边疆为家”。

据张小康介绍，那些来自上海、北京、四川等地的人们汇聚于西藏，一待数十载，将自己的一生都奉献给了西藏，“这个时间的长是真正意义上的长，不是一个口号。”18军的每一名干部，每一名战士都可以用藏语交流，把西藏人民当亲人。对于“长期建藏”，王勉之说，“老西藏”精神的核心是忠诚，是当时进军西藏的这些战士们用泪水、汗水、热血和生命铸造出来的一种精神。

“为了多数人的幸福，宁可牺牲个人的利益，当祖国需要的时候，他们把原本属于自己的生命权、健康权、感情权都无条件地舍弃，以换取民族团结和祖国边防的安定。从他们身上我看到了一个时代，看到了虽离我们远去却时时激荡于心的那个时代”，张小康写于书中的这段话诠释了“老西藏”精神坚持的动力源泉。

悟语

他们的奉献一点也不亚于我爸爸他们，仅仅是职务分工不同而已，但是他们的牺牲精神却是一样的，我应该把他们记录下来。

——张小康

“老西藏”精神的核心是忠诚，是当时进军西藏的这些战士们用泪水、汗水、热血和生命铸造出来的一种精神。

——王勉之

（2015年1月16日《中国新闻出版广电报》）

民营书业：坚守中的期盼

文 / 范燕莹

嘉宾：山东世纪金榜科教文化股份有限公司董事长　张泉

京版北教文化传媒股份有限公司总经理　刘强

主持：北京电视台“书香北京”主编　白钢

山东世纪金榜科教文化股份有限公司（以下简称世纪金榜），京版北教文化传媒股份有限公司（以下简称北教传媒），两家同为民营书业的领军企业。巧合的是，此次做客“红沙发”访谈的嘉宾——世纪金榜董事长张泉和北教传媒总经理刘强，都出身于教师职业。从一份稳定的教师职业到如今在民营书业商海中折腾，他们及各自的企业经历了怎样的奋斗过程？又有哪些值得借鉴的企业经营之道？而当下的教育出版又该如何面对移动互联网浪潮？就此话题，两位嘉宾结合各自的成长、奋斗经历，在1月9日下午2015北京图书订货会现场的“红沙发”访谈中与现场听众进行了分享。

从教书到编书“跨界”得心应手

“让教辅像名著一样可读。”采用杂志化的形式编排教辅，把教辅变得更生动、活泼，一直是世纪金榜人的追求。世纪金榜从1999年初创至今，已走过了16个年头。在成立世纪金榜之前，作为中学教师的张泉，已经在三尺讲台上耕耘了11年。在教学中，他发现学生学习、复习都缺少好的辅导读物。为了让自己的学生能有个好成绩，每逢周末他就骑着自行车到县城给学生们淘书。再后来，就开始尝试自己编写材料，刚一上市就赢得了满堂彩。良好的市场反馈激发了张泉的信心。但渐渐地，教学与编书的双重工作，让他变得很难兼顾。就这样，1999年张泉做出了他人生的重大决定：离开学校，专门从事教辅图书经营。

2012年4月，世纪金榜大厦正式落成，也圆了世纪金榜人自己的家园梦。目前，世纪金榜的产品覆盖从小学到大学各个阶段。全国有3亿学生，平均每两人就有一人在使用世纪金榜的图书。张泉意识到，如果说过往的15年，只是生存条件比较艰苦，那么未来的15年，可能是生态与格局的变化。他说：“我们清醒地认识到这一点，从来不敢松懈。”

同为中学教师出身的刘强，从小在江苏苏北的农村长大。当年刘强最崇拜的老师就是英语老师，1984年，刘强开始走上讲台，真正成为一名初三英语老师，那年他才18岁，而自己的学生大多是十四五岁。“当时苏北特别缺老师，缺学习资料，所以只好自己编讲义、写教案、编各种练习题，而且都是刻钢板油印的，我觉得这就是我们搞教辅图书的前身。”刘强说。

1990 年，刘强被选派到北大学习，之后他萌生了出国学习的念头，但由于接连几次的拒签让他的出国计划泡汤。“实际上，我觉得要去美国，真不见得比现在干得更有价值、更有意义。”刘强这样回忆当初的人生抉择。“出不去就接着干出版。”1992 年，刘强成立北京九州英才图书策划有限公司。

2011 年 1 月，北京出版集团有限责任公司与北京九州英才图书策划有限公司共同投资组建的京版北教控股有限公司（以下简称北教控股）正式挂牌成立，标志着在教育出版领域国有与民营合作进入了新阶段，而此时的刘强已经在这个民营教辅领域打磨了近 20 年。

借力资本市场 整合教育资源

北教控股的成立是国有、民营文化机构整合各自优势资源，在新闻出版领域开展股份制经营改革的大胆探索。公司成立后，股东双方将各自的核心优质资源，如管理模式、研发团队、发行渠道、售后服务等全部放入新公司运作，通过资源整合、借助、互补等一系列方式强强联合，显现了强劲的发展势头。

2011 年 1 月至 2014 年 11 月，公司产品动销量始终名列全国教辅图书市场第一名，销售码洋一直名列前四。谈及这种混合所有制发展时刘强说：“国有和民营整合的案例还是有的，但是整合得比较彻底的并不多。九州英才和北京出版集团的合作，在业内被叫作‘真结婚’。北京出版集团把六大核心板块中的教育板块剥离出来，同九州英才实现产品、资产重组，资源、团队彻底整合，以期取得强强联合后质的飞跃。”

2013 年 12 月 14 日，国务院发布了《关于全国中小企业股份转让系统（简称“新三板”）有关问题的决定》，“新三板”正式扩容至全国，届时，证券市场将实现上交所、深交所及北交所（新三板）三足鼎立的局面。北教传媒及时抓住“新三板”面向社会公众这一发展机遇谋求更大提升。2013 年底开始启动“新三板”挂牌工作，2014 年 11 月，北教传媒正式登陆“新三板”，成为全国首家登陆资本市场的国有控股图书发行企业。刘强认为，登陆“新三板”，带来的有利影响不言而喻，其中最大的好处是迅速提升企业的知名度。上市公司的治理结构是规范的，治理主业是突出的，财务是清晰的，信息披露是及时的，同时也更有利于企业可持续发展。

对于世纪金榜而言，企业的上市之路也在积极地谋划之中。张泉说，2011 年世纪金榜已经完成了股改，并以上市运作为契机，进一步明晰了产权结构，明确股东大会、董事会、监事会议事规则，纠正了可能导致同业竞争和关联交易的行为，对于人员独立性、机构独立性、财务独立性做了规范，这些推动着世纪金榜从原先的私营企业正一步步向公众公司转变。

应对移动互联 加快数字转型

面对当下互联网对于教育出版的冲击，张泉表现出了足够的信心。“互联网的发展，对我们来说没有危险。互联网只是一个平台，一种载体。好比汉字演变过程中，用了什么样的媒介载体来呈现。甲骨、纸张是呈现思想内容的载体。载体在变化，但汉字没有消失的危险。相比印刷厂和实体书店，我们从事内容创意，无论纸质呈现还是互联网呈现，只要提供优质的内容，就不会有丧失的危险。”

虽然互联网的发展势不可挡，但就目前的中小学教育而言，还是老师在台上，学生在台下；在使用终端上，学生没有实现人手一部手机或者平板电脑。另外，从观念上来讲，家长、老师甚至害怕，不愿意让孩子和学生们接触台式电脑、平板电脑和手机。张泉认为，恰恰是这一点限制了教育在互联网上呈现革命性变革的速度。“教学手段、使用终端突破革命性的变化，老师、家长的态度没有发生彻底变化。在这种情况下，我们要有探索，但也不能太激进。”

“如果不拥有一个特别大的基础存在，就容易被超越。所以我们当时就想，干脆建一个在线教育平台，既要适应整个目前在线教育的发展需求，又为纸质图书提供更多的增值服务。”刘强说。在具体的实践探索上，北教传媒为广大中小学生打造的优质在线学习平台——跨学网，于 2014 年 11 月 18 日正式发布上线。跨学网的服务功能包括面向全国学生提供特级名师全科高清视频课程，面向老师提供丰富的备课资源，其独有的视频答疑系统和教师、家长专属的交流系统，真正把学生、老师、家长联系起来，为孩子的学习保驾护航。

悟语

互联网只是一个平台，一种载体。好比汉字演变过程中，用了什么样的媒介载体来呈现。甲骨、纸张是呈现思想内容的载体。载体在变化，但汉字没有消失的危险。无论纸质呈现还是互联网呈现，只要提供优质的内容，就没有丧失的危险。

——张泉

如果不拥有一个特别大的基础存在，就容易被超越。所以，我们干脆建一个在线教育平台，既要适应整个目前在线教育的发展需求，又为纸质图书提供更多的增值服务。

——刘强

（2015年1月16日《中国新闻出版广电报》）

CHAPTER TWO

第二辑

阅读高度决定精神高度

文 / 李彦

嘉宾： 中国民主促进会中央委员会副主席　朱永新

美国波士顿麻州大学国际比较教育研究院院长　严文蕃

主持： 山西广播电视台主持人　雨馨

参与本场“红沙发”系列访谈的嘉宾，是学术界、教育界的两位大咖。中国民主促进会中央委员会副主席朱永新推崇新教育实验，讲究过一种幸福完整的教育生活。为了实现这一理想，他推出一系列课程，通过“营造书香校园、儿童生活方式、缔造完美教师”等多种路径“来实现我们的幸福和完整”。美国波士顿麻州大学国际比较教育研究院院长严文蕃对比中美阅读教育现状，认为美国更强调“读书为什么重要”。

过一种幸福完整的生活

朱永新有很多头衔，既是学者又是官员，但他更愿意被人称呼“朱老师”，更愿意做教育家。他发起的新教育实验的核心理念，就是过一种幸福完整的教育生活。

作为全国教育科学“十五”规划的重点课题，新教育实验新在哪里？朱永新是这样解读的：新和旧都是相对的，传统教育更多强调分数、强调考试，新教育实验则强调幸福和完整，这是最本质的区别。教育应该给孩子幸福。完整简单地说就是身心统一。

访谈现场还进行了由山西教育出版社出版的“朱永新教育之旅”系列丛书首发式，朱永新在现场这样阐释了“朱永新教育之旅”系列丛书的写作初衷：“一个人的精神发育史就是他的阅读史，一个民族的精神境界取决于这个民族的阅读水平。没有全民阅读作为根基，全民素养的提高就是一句空话，中国梦就永远只是一个遥远的梦想。”

新教育实验为什么这么红

作为教育研究者，严文蕃表示，研究者和实践者有着巨大差距，理论怎么变为实践，这是新教育实验最核心的部分。

严文蕃一直想写一篇文章，一直想问新教育实验为什么这么“红”。他认为：“是广大的实践者需要有一个能够改变社会教育现状的东西，而新教育实验所提出的六大行动（营造书香校园、师生共写随笔、聆听窗外声音、培养卓越口才、构筑理想课堂、建设数码社区）就是很好的实践。”

理论跟实践的鸿沟是全世界教育专家都感觉很头疼和困惑的问题。朱永新认为，一线的老师需要理论，但是理论很枯燥，理论和实践老走不到一起。应该说，新教育实验是把理论跟一线老师的实践行动很好地结合在一起，只有这样才能真正取得好的效果。

有人说美国学生的学习负担不像中国学生那么重。怎么理解凌晨4点哈佛大学的图书馆还灯火通明这一现象呢？对此，严文蕃说道，这不是一个特殊现象，而是一个常态。

美国更强调“读书为什么重要”

朱永新已经连续10多年在全国两会上呼吁建立“国家阅读节”。设置这样一个节，对当下的中国有什么意义？朱永新认为，现在中国整个全民阅读水平相对比较低，就读书环境而言，比如公共图书馆、学校图书馆跟世界其他国家相比还有很大差距。作为一个节日，它有两重意义：一是具有仪式或庆典的意义，用来营造一种氛围；二是用来唤醒、提醒。目前在中国，人均阅读水平远远低于世界主要发达国家，我们需要重视阅读问题。

朱永新说道：“9月28日是孔子诞辰日，我们新教育实验在全国有将近3000所学校，每年的这一天都要举行读书日活动，就是要唤醒、倡导全民阅读。孔子是具有象征意义的文化代表人物，应该是我们崇敬的人。我建议将9月28日设定为‘国家阅读节’，就是希望更多人参与到阅读当中，这需要我们全社会不同的文化学者、出版界的朋友、图书馆一起来呼吁，就像这‘“红沙发”’系列访谈一样，通过不同的媒体传播出去，因为，阅读，需要我们坚持不懈。”

对于阅读，美国不同的地方有不同的做法，也有全民读书日。严文蕃介绍说，美国一直在致力于唤醒国民阅读，特别对儿童读书非常重视。最近一年，从国家层面，鼓励每个人通过网络向大家推荐一本书，利用各种各样的朋友圈互相推荐图书，让孩子们把自己喜欢的书拍成照片到网络上互相推介。

对比中美对阅读的推广工作，严文蕃认为，美国更强调的是“读书为什么重要”。怎么推动孩子更有效地读书，美国政府在这方面花了很大力气。相关部门每年都会让专门研究阅读的专家出一份报告，研究哪一种阅读方法最有效，然后在学校进行推广。

读好书养成好“胃口”

读什么很关键，阅读的高度直接影响着人的精神高度。孩子读乱七八糟的书，就像吃垃圾食品一样。这是朱永新的观点。

“阅读是教育最重要的事，读好书的过程中，能养成一个人的好‘胃口’，品位上去了，以后他自己就会找好书看。”朱永新说道，个性化读书同样也很重要，因为每个人是不一样的，有的孩子可能天生喜欢历史，有的可能天生喜欢文学，如果让一个人自发地、不知所措地寻找图书，他的时间就会浪费，所以读好书是前提。读好书的基础也是尊重个性。

朱永新有微博，没有微信。他每天早晨 5 点起来之后，会在微博上发些原创，大部分都和读书相关，他还每天推荐一本书。他在新浪和腾讯的粉丝加起来有 900 万左右。“通过微博推荐图书，这本身也是在进行阅读推广。”朱永新说。

严文蕃微博、微信都有。在他看来，现在社会生活节奏非常快，不可能静下心来像古人一样，点上一盏灯，安静地读书。

“碎片式地阅读也是可以的。重要的是看作品，不是看现象。”严文蕃说，现在的孩子都在玩手机，电子书大多数通过手机来传播，这种趋势现在越来越明显。“目前，我们最热门的研究项目就是怎样把玩游戏作为一种学习的过程。其实，玩游戏也是一种能力。”

朱永新认同严文蕃的观点。但他不主张、不提倡儿童过早地碎片化阅读。在他看来，一个儿童如果被手机、电视、电脑鲜艳的色彩和快速变化的画面吸引以后，很难培养一种宁静的心态，儿童的专注和宁静培养是很重要的。“我主张先通过纸质阅读，让他有相对专注的一种品质，然后逐步逐步过渡到手机、电视。”朱永新认为，不管怎样，适度阅读是有好处的，无论是读纸质书还是网络阅读，最关键的不是通过什么媒介阅读，而是真正读什么和怎么读。

谈到读书，实际上是读两类书，一类书是为了满足学习，对知识的渴望而来读；另外一类书，更多的是以孩子感兴趣的东西来阅读。

“兴趣是多元化的，感兴趣的可以碎片化阅读，但是如果把知识类的东西做成碎片化阅读就错了。”在严文蕃看来，有些东西一定要安安静静地阅读。

（2015 年 9 月 29 日《中国新闻出版广电报》）

科幻与科普华丽对撞

文 / 范燕莹

嘉宾： 著名科幻作家　刘慈欣

知名理论物理学家、科普作家　李淼

主持： 山西广播电视台主持人　雨馨

9 月 25 日上午，著名科幻作家刘慈欣、知名理论物理学家李淼做客“红沙发”系列访谈。让两个人同时出现在同一个场合的原因在于，李淼的新书《〈三体〉中的物理学》出版，他甚至还毫不客气地给《三体》挑起了“硬伤”，两位就科幻与科学、科幻文学与科幻电影等话题在现场展开对话。

科普作家给《三体》挑点“硬伤”

《三体》是刘慈欣的科幻小说名作，受到海内外读者的普遍赞誉。而《〈三体〉中的物理学》则是一部奇特而富于妙趣的科普书。它从近年来在世界范围内产生广泛影响的科幻小说《三体》切入，生动展现了宇宙的生死、世界的实在性和不确定性，乃至人的自由意志；同时系统分析了《三体》中诸多超级神器在未来出现的可能性。这本由李淼创作的科普读物，今年 4 月出版后也受到广泛关注。

刘慈欣对于这本科普书的评价是：《〈三体〉中的物理学》以《三体》作为平台，用很广阔的视角介绍了现代物理学，还有其他一些包括社会学、心理学等方面的知识。

在《〈三体〉中的物理学》一书中，李淼给《三体》挑出了一些“硬伤”。对此，刘慈欣坦然地说：“‘硬伤’是不可避免的。因为科幻小说不是严格的科普，所以这在科学家看来肯定是千疮百孔的。”

当《三体》撞上《〈三体〉中的物理学》，也实现了科幻与科普的华丽对撞。刘慈欣认为，科幻从本质上来说不是科普，科幻中的科学并不是严格意义上的科学知识，它只是科学印象中的一种，科普则需要把严格的科学知识传达给读者。“以前的中国科幻文学总是赋予自身科普的功能，但从世界科幻文学来看，科幻文学除了某些特定的科幻小说种类以外，并不具备科普的功能。”

李淼则认为，科普从原则上来讲是现代科学允许写什么你就写什么。相比于科学，科幻完全是另外一种形式。有些作家所有的设定、所有的逻辑框架完全尊重科学，是在科学基础上发挥作者的想象力，这些想象力必须在这个框架之内，是有局限的。有些作家的设定可能有一部分是科学的，但是另外一部分纯粹是作者本人想象出来的，想象的部分不见得跟当下的科学完全相符，但可以在他自己的体系里自圆其说。

以平常心看待同名电影

2015 年 8 月，第 73 届雨果奖揭晓，刘慈欣凭借科幻小说《三体》获最佳长篇故事奖，这也让中国科幻界备受鼓舞。刘慈欣认为，《三体》的获奖对于中国科幻项目向英美世界输出有很大的推动作用，但对于国内科幻文学的推动是有限的，这源自国内科幻市场的低迷，国内科幻市场不会因为某个作品获某个大奖而得到根本的改变。

刘慈欣说：“国内科幻文学的创作还是处于很低迷、很边缘的状态，缺少有影响力的作品和有影响力的作家。因此，国内科幻文学要想繁荣起来还有很长一段路要走。”

据媒体报道，由科幻小说改编的同名电影《三体》已经完成拍摄，计划于明年上映。很多科幻迷对于刘慈欣担任电影《三体》的监制表示非常期待，对此，刘慈欣透露，这部电影肯定会成为科幻大片，因为它有很大的投资，但它毕竟是国内第一部大成本科幻片，缺少各方面的经验，因此对于这部电影还是要抱着平常的心态来看。“不能要求我们拍的第一部科幻片就成为经典，毕竟相对于美国具有一个世纪的科幻片历史来说，我们是第一次拍这种高成本的科幻片。”

谈及我国科幻电影与西方科幻电影之间的差距，刘慈欣认为，主要还是因为我国科幻片的历史比较短，拍摄数量比较少，在制片、编剧、特技、导演等方面都缺少经验。从文字到影像的转换当中，刘慈欣认为最大的挑战是把文字多元化，把想象力用图像固定下来。

期待科幻文学成为大众文学

谈及目前国内科幻作家的生活状况，刘慈欣直言，这是一个伪命题。中国科幻作家一般不是专业的，靠创作科幻小说维持生计目前比较困难。“科幻文学本身是一种比较小众、边缘化的文学，如果想从事科幻文学创作的话，最好当作爱好，不要作为一种职业，因为现在的市场状况很难养活大量的专业作家。”

另外，刘慈欣认为，不光是科幻小说，别的文学也一样，要发挥所有力量去发扬作者自己写作的长处，而不要用很大的力量克服短处，他认为，短处是很难克服的。

读科幻作品的读者大多文化水平比较高，有一定的科学知识，这也决定了科幻作品要推向大众比较困难——这是科幻文学给人的普遍印象。但在刘慈欣的心目中，科幻文学是大众文学，需要大量的读者。“我不认为科幻是一种精英文学，我认为它是写给大众读者看的，世界上很多经典的科幻名著都具有这种特质。雅俗共赏的科幻文学一直是我努力的方向，我相信也是所有科幻作者努力的方向。”刘慈欣说。

（2015 年 9 月 29 日《中国新闻出版广电报》）

小说形象“活”起来才动笔

文 / 范燕莹

嘉宾： 湖南省作家协会副主席　阎真

著名文学评论家　贺绍俊

主持： 山西广播电视台主持人　雨馨

继《沧浪之水》后，同样以探析知识分子现实困境为主题的阎真最新力作《活着之上》日前出版，并获得了第七届茅盾文学奖提名。此次阎真携这一新作做客“红沙发”系列访谈，与著名文学评论家贺绍俊对话《活着之上》的创作感悟及日常阅读的乐趣。

“要写更加真实的高校小说”

《活着之上》因成为首届路遥文学奖唯一获奖作品而备受关注。它主要描写了主人公“我”——历史学博士生聂致远在人生理想与社会现实之间的纠结、冲突与挣扎……志存高远的“我”有着独立的知识人格，立志开拓学术视野，在历史研究中有所建树，可现实的种种却让“我”陷入困惑。

《活着之上》延续着阎真以往的风格和擅长的领域，用非常传统的现实主义笔调，描写知识分子的当下生活，直面当下高校的现状及问题。而更重要的是，通过小说主人公聂致远深刻地表现出了知识分子的生存困境。

阎真在高校教书近30年，一直很想写一部高校题材的小说。“我要写更加真实的高校小说，很多高校小说有负面黑暗的东西，其实不完全是那么回事。他们这么写，更多考虑的是小说的因素，或者情节故事的需要。就我对生活的体验而言，身边还有很多能够保持淡定、从容的高校老师，我希望把这种心态和状态写出来。”

实际上，从《沧浪之水》到《活着之上》，阎真一直延续着对知识分子命运的关注。谈及这两部小说之间的联系，阎真介绍说，当初创作《沧浪之水》，写主人公池大为这个人物时，觉得他好像别无选择，只有这样一种存在方式。但写完之后，心里并不满足。“将人的生命价值选择全部定义为个人生存，虽然是合理的，但这样的生命是不完整的。”基于《沧浪之水》的“不完整”，才有了《活着之上》。“知识分子存在的意义和价值，一方面受自我生存的牵引，另一方面还应该超越自我生存的价值和意义。”

1984年，阎真大学毕业之后就一直留在高校教书，至今已有30年。因此，这部反映高校学术生活题材的小说，几乎所有的细节都是有生活来源的。这些细节的第一个来源就是阎真自己的亲身经历，第二个来源是他作为一个旁观者看到的，第三个来源是阎真从他的朋友或者同事那里听到的，都是生活中发生过的事情。这些事情经过艺术处理后集中写到了这部小说里。

“我是那种写得很慢的作家”

贺绍俊回忆说，自己拿到《活着之上》的初稿时，起初并没有感觉到这个书名有多精彩，但慢慢地才理解，其实“活着之上”是对我们每一个人的一个考验，每一个人都面对着“活着之上”的问题。“活着之上”这个题目是一个很有哲学高度的题目，这个小说活灵活现地呈现了每一个人都需要对待的问题。

从 1996 年到 2015 年，这近 20 年内，阎真仅出版了《曾在天涯》《沧浪之水》《因为女人》《活着之上》4 部长篇小说，节奏十分稳定，尤其是在其超级畅销书《沧浪之水》洛阳纸贵之后，他出人意料地淡定。这种节奏与韵律，可以善意地理解成阎真的写作没有冒进也没有枯竭，这是一个已然告别了焦虑的写作者。

“其实《活着之上》我只写了一年多，但是思考用了三四年的时间。因此我写作 20 多年，就出了 4 部长篇小说，希望以后还能出一部。”阎真说自己属于那种写得很慢的作家。《活着之上》前后花去 6 年的时间，为什么写这么慢？因为每写一部小说，阎真都要经过长期的思考，而且要做大概一两千条的笔记，整理自己的思想，还要让人物形象在他的头脑里“活”起来才能动笔。

贺绍俊认为，阎真那种真实的姿态会让读者更容易进入到他的文字里面，他的文字没有屏障，不是戴着面具跟读者交流的。“我们读他的小说，通过小说里的人物可以看到作者的影子。作者在反思，并把他的思考都告诉了读者。”

“无用之用是重用之基”

“我想我也是一个没有多少爱好的人。”说起日常生活，贺绍俊更多地把时间用在阅读上。作为一个“专业”的阅读者，在贺绍俊看来，阅读有专业阅读和非专业阅读之分。专业阅读有专业阅读的特点，比方说做文学评论，文学图书必须要读，不管喜欢不喜欢，这是一种阅读方式。因为自己从事文学评论的原因，贺绍俊在阅读生活中，要读作家的作品，也要读其他杂书，政治、经济各个方面的知识都要掌握，所以贺绍俊尽量让自己多阅读，让自己的知识眼界放宽。

贺绍俊认为，不管是专业阅读读者，还是非专业阅读读者，都需要一种没有目的的快乐阅读。“这种非实用的阅读，可能更为重要。无用之用是重用之基。”文学看似没有实用价值，但是它能丰富人的精神世界，熏陶情感，使读者不是碌碌无为、满眼盯着物质的人，让读者的精神世界变得非常丰富，让读者看世界的眼光也变得宽广。

相比之下，阎真自认为自己的阅读并没有涉猎很宽泛，而是比较局限在文学领域，特别是小说。“因为我写长篇小说，所以在长篇小说领域读得比较多，当代、现代、古今中外重要的长篇小说都读到了。”

贺绍俊对于文学图书也格外情有独钟。《活着之上》《北去来辞》是贺绍俊最近阅读并推荐给读者的书。他特别提到了林白的《北去来辞》，这部小说通过女性的眼光看改革开放对人们的生活、思想有着什么样的冲击。甚至可以说，这一点和阎真思考的主题有相似之处。此外，他认为，这 3 部作品的语言也都非常讲究。

很多人对文学图书，或者说对整个纸质阅读抱有悲观的态度。对于这一点，阎真显得不那么悲观。他以自己的作品《沧浪之水》为例，这本书已经出版 14 年了，10 年前大概每年卖 5 万册，现在每年还是 5 万册，随着时间的推移，这本书每年的发行量并没有降下来。他说：“小说如果写得比较好的话，还是会得到广大读者的认可。”

（2015 年 9 月 29 日《中国新闻出版广电报》）

让读者放下手机拿起图书

文 / 范燕莹

嘉宾： 中国新华书店协会理事长　哈九如

新华书店总店副总经理　张雅山

主持： 山西广播电视台主持人　雨馨

在读者的眼里，“最美书店”更多的是指先锋、方所这样的独立书店，“最美”二字似乎与那种大型书城并不沾边儿。但出乎意料的是，这两年，各地新华书店掀起实体书店改造风潮。重装营业后的新华书店吸引了不少读者，对于读者而言，现在去新华书店不再局限于买一本书，而是要坐下来享受一场阅读分享会或者音乐会。此次中国新华书店协会理事长哈九如、新华书店总店副总经理张雅山做客“红沙发”访谈，对于这两年新华书店的转型升级步伐及“新华新空间，阅读新体验”这一营销理念展开探讨。

各地“最美书店”纷纷涌现

近年来，很多地方的“最美书店”如雨后春笋般涌现。哈九如分析认为，对于“最美书店”的探索，最早是从独立书店开始的。“他们发现很多读者有这方面的需求。由于独立书店面积比较小，读者又相对比较专业，因此他们较好地掌握了读者的心理，完成了读者的这种心愿。”

随着这种书店的逐渐推广，很多大型书店、书城，特别是新华书店，发现这是满足读者需求很重要的实践方向。这两年，全国各地有数百家书店都建立了这样的体验性阅读场所。因此，从这个意义上来讲，书店装修发生的变化是为了满足读者的阅读需求。

现在很多城市都把自己的大型书店定位成文化地标，哈九如认为：“他们希望书店成为一座城市的精神地标，这对整个出版传媒业提出了新的要求。”“装修，仅仅是一个外表，书店还是要提供更好的精神产品，我们还要提供配套的相关产品和服务，这就是现在我们对大型装修的一种趋势的理解。”

新空间带来新体验

在此次图书交易博览会上，新华书店协会专门提供了“新华新空间——新华书店发展方向”的展示区，这也是新华书店协会首次以这样的形式亮相。鉴于很多人没有时间到书店选购图书，一台智慧售书机就能解决问题。另外，在展示区，我们能看到很多舌尖上的读物。耳朵能听，眼睛能看，舌尖上能不能品尝读物呢？也是可以的。比如，把凉山高原土豆里边产生的与土豆有关的知识记录在书里，然后通过品尝土豆来体验出版物中对它的描述。“我们做深度融合的产品，这对新华书店来讲又开拓了一个很重要的产业，如果说舌尖上、眼睛里、耳朵里都能体会到我们的出版物，出版业的明天一定是很美好的。”张雅山说。

谈及新华书店的改造难度，张雅山认为，第一，实体空间改造设计难度较大。第二，突破和改变国有的经营理念需要过程。新华书店店面在缩小可能有很多原因，张雅山分析认为，有的是为了化解经营压力，有的则是想重新通过引进新业态，与传统的购书环境相互促进，带动其他的销售。“总之，还是要以文化品位打造书店，卖书是一种文化品位，引进多种业态也是文化品位。”“新华书店如果只卖书，不在文化上下功夫，不是长久之道。”

污损图书增多并非坏事

谈及网络购书及阅读习惯的改变对于实体书店的冲击，哈九如认为，互联网对知识的传播和科学普及都极为有利，但对于实体书店而言，需要一个全新的思维。

“为读者找书，为书找读者。”这是新华书店立店之本，现在这种方式并没有违背新华书店的初衷，而新华书店怎么从这样一个环境下重新找到自己的定位？哈九如介绍说，这几年，新华书店采取了一些应对性措施，比如，全国有不少新华书店都在天猫上开设网店，销量也在逐渐上升；新华书店和公共图书馆联手推出电子书；也就是说，新华书店已经介入到电子出版物的发行中，而且取得了明显成效；通过互联网和移动终端把重点图书有针对性地进行投递，新华书店在这个方面逐渐显现出优势。

有些读者喜欢到书店的咖啡馆喝咖啡，看架子上摆的书。这杯咖啡喝完，正好书也看完了，又放回去了。对于图书销量问题，哈九如回应称，书店咖啡馆要的是人气。如果不办咖啡馆，那本书也是放在书架上，图书同样会有一定污损。但是随着这几年全民阅读的深入，社会风气又逐渐好转，过去偷盗、污损图书的情况非常多，现在只是污损图书在增加。“这一变化得出的结论是，过去风气是把书偷出去卖了，但现在书是被看得污损了，我想图书被看得污损本身也是书店对社会责任的履行，书店是愿意这样做的。”哈九如说。

现在很多人都能感觉到，在卖场看书的人没有在咖啡馆看书的人多。“每人手拿一本书，而不是像其他场所，孩子们都拿着手机，在书店咖啡馆他们拿的是图书。我们的纸质图书终于也有机会，让读者放下手机，拿起图书，我想这是新华书店对社会的一种贡献。”哈九如说。

（2015 年 9 月 29 日《中国新闻出版广电报》）

不要给课外阅读设门槛

文/李彦

嘉宾： 安徽大学儿童文学创研中心主任　伍美珍

作家、评论家　余雷

主持： 山西广播电视台主持人　唐羽

任何一位作家，从开始写作到进入黄金创作岁月，一般都要经历 8~10 年的长期打磨。当今，儿童文学市场繁荣，儿童图书销量有增无减，品种繁多，题材多样，写作方式多元，吸引了越来越多的创作者参与。在余雷看来，这个时代是中国儿童文学最为繁荣的一个时代。伍美珍则主张孩子们要读自己喜欢的书。

孩子读书应该杂一点

伍美珍小时候读的第一本书是《小布头奇遇记》，她觉得这本书好神奇，自己就像是关在黑屋子里的孩子，有人在面前突然打开一扇窗户，让她看到窗外美丽的世界，从此她爱上了阅读。

在既是创作者又是阅读推广者的伍美珍看来，对于很多孩子来说，让他们自己发现自己喜欢的书，在阅读推广方面是最重要的。因此伍美珍一直主张孩子们要读自己喜欢的书。

在孩子们的世界观、人生观、价值观都未成型的时候，阅读对他们的启蒙教育的影响至关重要。读到好书，能起到引导积极向上的作用。但很多家长担心，如果孩子们读到少儿不宜的图书，可能会把孩子向不好的方向引导。

对于这种担心，伍美珍有不同看法。她说："我小时候读过《青春之歌》，并没有中毒。作为家长不要把更多的注意力集中到孩子读到什么不好的书会有什么不好的影响的担忧中，我们正常渠道出版的图书都是有意义的。我希望孩子们读的书越多越好，甚至我希望他们读书读得杂一点，看的书宽泛一点，大人们不要动不动就定义这本书好或者这本书不好。"

事实上，无论在学校还是在家里，孩子们最初阅读的图书都是经过父母或者老师精心挑选的。对图书好坏的认定，很多时候是以成人的经验为基础来进行判断和挑选的。但大人们忽略了一点，如果让孩子只读一种口味的书，或者只读一种类型的书，那么孩子的阅读经验的建立就比较单一。

对此，同样是阅读推广人和作家的余雷认为，当孩子通过阅读获取人生经验时，如果他没有多种多样的知识储备的话，遇到没有成年人指导同时又需要自己做出判断时，则会缺乏判断力。"因为他阅读的图书种类很少，根本无法判断这本书是否有害，或者这本书的价值是什么，或者这本书凸显出的观念是什么。对这个孩子来说，会表现出一种能力的欠缺。”

余雷也主张孩子读书应该是博览群书。“大人们没有必要简单地把某些书抽取出来不让孩子接触，只让他们接触很干净、很纯净的环境，甚至是真空的环境。其实，我们生活的环境鱼龙混杂，如果完全把一个人设计在一个真空环境当中，这个人反而没有抵抗力。”

现实当中，很多作家不会给自己的孩子开书单，而是给他们充分的阅读自由。在两位嘉宾看来，提高孩子的阅读量和阅读兴趣，最关键的一点就是：不要给孩子的课外阅读设门槛。

儿童文学创作要有底线

余雷在学校教授一门写作课，其中有一个章节是教学生们写儿童文学。她在第一节课给学生讲的问题就是要树立正确的教育观和儿童观，强调只有这两观正确的创作者，才能写出积极向上的儿童文学作品。同时，搞儿童文学创作的，还必须注意童年生活中的特征特性，要弄清楚什么是儿童真正需要的，什么是儿童未来发展的可能，如果这些问题没有处理好的话，是写不好儿童文学作品的。

伍美珍创作了《阳光姐姐小书房系列》(全套 19 册)，其中有一本《叛逆的蛋壳组合》，讲的是蛋壳组合（3 个女孩）到了六年级时，她们之间的友谊以及她们跟家长之间冲突的故事。伍美珍说：“很多家长会发现，孩子到了五六年级时跟小时候不一样了，不再那么温顺听话了，这是成长过程中必然要经历的。所以在我的创作中，跟孩子多交流是非常重要的，用他们的眼光看世界，用他们的心情感受这个世界。如果没有这些，我写不出这些作品。”

伍美珍的《阳光姐姐小书房系列》销售了1000万册。很多孩子觉得她写的书很真实，有的孩子见到“真人”以后感慨：“我没有见到您的时候以为您是小孩子，您为什么这么了解我们？”

文学艺术来源于生活，搞创作首先要有生活。伍美珍曾做过10年少儿期刊的编辑，因为这段职业生涯，她跟孩子们经常打交道，知道孩子是一种什么样的生活状态，知道孩子看世界的眼光，了解他们的心理状态。她建议年轻的儿童文学创作者多读一些儿童文学理论、儿童心理、儿童教育方面的书。有了比较好的生活经历、生活素材，同时又有一定的理论素养，这样才能在儿童文学领域立足，才有可能会越写越好。

近年来儿童文学市场繁荣向好的趋势让余雷感触颇多，有的作者很高兴地跟别人说“我手里有六七十部作品”，有的作者觉得只要出版社愿意包装，自己马上就可以成为畅销书作家。种种现象表明，儿童文学市场充满了一种浮躁气。如余雷所说：“今天，儿童文学行业好像和买彩票一样，说不定哪天谁会成赢家。但越是这种繁荣的时代，我们越要警惕。因为今天的出版行业和市场走得很近，和市场走得很近就必然会带来码洋效应，为了利益销售，品质必然不能完全保证。今天的写作门槛已经很低了，创作者要有创作底线。”

伍美珍也注意到一些作者怀着浮躁心理创作，总想一夜成名。对此她表示：“市场好了，是好事也是坏事。如果老想着出作品，去赚钱，对创作者自身来说得不偿失，人一浮躁，你的作品质量很可能就不会很好，这是蛮糟糕的事情。还是要有耐心，要耐得住寂寞。”

同时她表示，作为儿童文学创作者，在创作过程中要坚守底线，不能在作品中出现色情，不能在作品中出现暴力，也不能在作品中出现三观不正的东西。“我相信绝大多数像我这样从事儿童文学创作的作家，心里都会有一个底线，我相信我们不会越过这个底线的。”伍美珍说。

亲子阅读重在培养发现能力

绘本图书不但是大人的最爱，还是儿童的最爱。本场主持人的孩子还不到一岁，但她已经给自己的孩子买了近 30 本的国外绘本。在父母眼中，这些书讲的故事非常简单，但非常好看。为什么很多家长选择国外的绘本？它跟中国儿童文学有什么差异？

绘本，首先吸引人的是图和色彩。伍美珍近几年来经常去看国外书展，在她眼里，欧美国家出版的绘本之所以好看，关键在于体现了国民的美术素养。“除了图非常精彩、让我震撼之外，还有这些书的创意和故事都很短，但是真的好温暖。”在伍美珍看来，中国绘本书刚刚起步，有不尽如人意的地方，但还是有些好的绘本体现了我们传统文化的美术元素，讲述了我们民族特色的一些故事，比如过年、除夕等民俗文化。跟国外绘本相比，中国绘本无论创意和设计都有待提高，但是一直在朝好的方向发展。

在余雷看来，中国的孩子从小所接受的图像教育太少了。她在做阅读推广研究中发现，孩子的阅读能力培养有 3 个阶段：第一是听的阶段，第二是读图阶段，第三才是读文字阶段。但中国的家长往往忽略掉在亲子阅读过程中要帮助、引导孩子对发现能力的培养。

“读图不是很简单地从图中找出故事。一个绘本14~16页，写的是很简单的故事，但中国家长却忽略了在读绘本的过程当中，你要帮助孩子、引导孩子培养对语言的组织能力，对图形、颜色甚至细节的发现能力。”在余雷看来，亲子阅读其实就是家长在和孩子的游戏过程当中，培养孩子的能力。

对婴幼儿来说，国外绘本有很多品种，有专门的婴儿书让他们用手去触摸、感觉，甚至有的国外绘本可以让婴幼儿闻到气味、听到声音，可以让孩子通过绘本全方位地感受感知周围的世界。

“国外绘本看似很简单，比如爱心树或者失落的一角，连小学生都能画，但是失落的一角里面所渗透的哲学的意义、对人生的感悟并不是每个人都能传递出来的。”余雷建议，中国绘本的创作还应该再慢一些、再稳一些，要找到适合我们民族的表达方式和呈现方式，然后再一本一本地踏踏实实地做。

（2015年9月29日《中国新闻出版广电报》）

以书之名向抗战胜利致敬

文 / 范燕莹

嘉宾： 著名作家　张石山

山西省作家协会副主席　李骏虎

主持： 山西广播电视台主持人　雨馨

今年恰逢纪念中国人民抗日战争暨世界反法西斯战争胜利 70 周年。著名作家张石山的《清明无战事》，山西省作协副主席李骏虎的《中国战场之共赴国难》正是对纪念中国人民抗日战争胜利最好的致敬。此次两位山西籍作家也正是因抗战主题图书相聚在“红沙发”访谈，讲述小说创作的感悟和写作历程。

以小人物书写抗战大情怀

今年，张石山创作的两部长篇小说都与抗战有关。“山西确实是文学大省，我们的文学创作是有传统的，对中日这场战争我们有自己的认识和看法。”张石山说。有意思的是《清明无战事》最初是以电影剧本的形式呈现的。

为什么要创作这样一部电影剧本？还得回到这两年抗战题材的影视剧创作质量这一问题。剧情不符合史实、台词雷人等遭人诟病的抗战影视剧，被老百姓称为“抗日神剧”。对此，张石山认为，这其中作家有责任。“我们有没有智慧写出一部好的电影？中国抗战为全人类作出了巨大的贡献和牺牲，对于这场战争的再现没有好好呈现，我觉得这是说不过去的。”

《清明无战事》以 1941 年 12 月 7 日珍珠港事件之后美日正式宣战为国际背景，以发生在山西敌我交错区的小山村唐家山中各方力量之间的冲突、较量为叙事主线，展现了中国军民不屈不挠的抗日意志和坚强决心，揭示了正义必将战胜邪恶、多行不义必自毙的历史真理。

该剧本没有写正面战场，而是将视角投向了战争背景下的民间生活，以小故事蕴含大境界，以小人物书写大情怀，以新的视角和思路带来了抗战题材影视剧叙事模式、表现形式的创新；同时，剧本开掘出了一条揭示中华民族传统中最具生命力的文化基因的通道，直抵人性深处，把中华文明放在世界文明的大背景下进行审视，提升了此类题材创作的思想境界。

在创作过程中，张石山给自己定下目标：“最低标准是国内打鬼子最好的电影之一，最高标准应该是放到整个世界平台上也不逊于人。”尽管剧本推出以后，由于电影投资等原因，拍摄计划搁浅，但以此为基础的《清明无战事》图书出版，同样是对中国人民抗日战争胜利的致敬。

兼具文学和历史双重意义

红军东征是一次改变中国革命进程的战役，中国抗日民族统一战线的建立，更是世界反法西斯阵营的重要组成部分。

由李骏虎创作的长篇小说《中国战场之共赴国难》通过这两条脉络的叙述，全面呈现了这段鲜为人知的救亡史，塑造了毛泽东、张学良、杨虎城等100多位人物的鲜活形象，再现了中国共产党推动全面抗战的历史功绩，以及在世界反法西斯战争中中国战场的伟大意义。

谈及《中国战场之共赴国难》的创作初衷，李骏虎说："一个作家应该去写一两部历史小说，把历史搞清楚，锻炼一下自己的历史眼光。"具体到为何专门去挖掘"红军东征山西进行抗战"这一段历史，则是因为李骏虎在阅读史料过程当中发现，对这一段，在正史当中很少有系统的表述，基本上都只有两三百字。"作家都是敏感的，从史料的缺失中能够发现这里面是有料的。"李骏虎说。

实际上，写这样的历史小说对于李骏虎来说是第一次，创作前后共花了4年时间。收集、整理史料阶段花的时间比较长，这一过程至少用了3年多时间。"创作就快多了，但需要整块的时间，我请了8个月创作假把自己关在家里，不出门应酬，不开会，也不工作，吃了几个月挂面，每天写三四千字，坚持了八九个月，写出来30来万字。"李骏虎回忆道。

真正体现作家价值的是长销书

对于当下纯文学阅读的式微，张石山并不感到奇怪。"谁也不能说我写的书太好了，但是读者就是不多。出版社印 1 万多册就是相当不错的状况了。我想，这 1 万多名读者只要真正看了这本书并觉得书写得好，那我们就非常满足了。”对于这一点，作者应该放平心态，专业作家就是负责把书写好，而不是去考虑书有多少发行量的问题。

李骏虎也同样认为，一本书的畅销与否不是作家追求的目标。对于作家来说，真正体现价值的不是写畅销书，而是写长销书。对于畅销书和长销书，张石山将其比喻成流行歌曲和经典歌曲。“流行歌曲出来，年轻人马上就会唱，而经典就像天上的星星，仰头看时总在那里。”

（2015 年 9 月 29 日《中国新闻出版广电报》）

让太行精神发扬光大

文 / 涂桂林

嘉宾：中共中央文献研究室副主任、中国中共文献研究会副会长　张宏志

山西党史研究会理事、长治日报社评论部主任　戴玉刚

主持：长治电视台主持人　陈奔

山西省长治市与河北和河南接壤，当年八路军总部和中共中央北方局驻扎在长治，在民族救亡的岁月里上留下一个个可歌可泣的抗战故事。

打造书香中国，建设和谐社会。9 月 26 日下午，作为第 25 届全国书博会长治分会场重要活动之一的“红沙发”系列访谈在长治市拉开帷幕，张宏志、戴玉刚来到现场，畅谈长治市的人民群众在抗日战争中所作出的巨大贡献。长治市委宣传部部长王辅刚与现场观众一起参与了访谈。

山西自古都是兵家必争之地，也是八路军华北抗日的重要根据地。人们常说“晋察冀”“晋冀鲁豫”，以“晋”字为开头，说明了山西在抗日战争中的重要地位。在谈到山西在抗日战争中的地位和作用时，张宏志指

出，山西具有独特的战略地位，是华北地区的制高点。抗战爆发后，山西不仅是西北国防纵深的战略屏障，还是华北重要战场、八路军向华北发展的前进阵地，抗日根据地也是在这里起步，成为八路军成长壮大的摇篮。

“母亲叫儿打东洋，妻子送郎上战场。”这首名为《太行山上》的歌曲，成为山西抗战代表性的符号。无论是军事上还是经济上，长治人民都为抗日战争作出了巨大贡献。戴玉刚谈道，长治作为太行抗日根据地的中心地带，作用十分特殊，既是抗战前线，又是决策中心，还是坚强后方和南下保障。八路军总部、129 师师部等在长治长期驻扎，众多将帅均在此战斗生活过。人们常说，“九千八路进太行，三十万军队下太行”，是指八路军 129 师来到长治时只有 9000 人，上党战役结束后离开太行时便发展到了 30 万人，其中三分之一是长治当地老百姓的子弟。

长治人民，为了支持抗日战争，真的是有钱出钱，有力出力，很多人甚至献出了自己的青春和生命，这段历史我们都应该铭记，应该珍惜今天来之不易的安宁、幸福的生活。

当年在太行山上，八路军一边打仗，一边生产，还一边坚持开展文化学习活动。张宏志说，中国共产党历来重视文化事业的发展，知识与大众结合，真理被人民掌握，具有无穷力量。我们党一直坚持为人民谋利益，这就要求我们党的方针政策总是要跟人民利益结合在一起，使人民感觉到民族的解放和自身的解放是一致的；另外，我们党不断向人民群众广泛宣传党的理论、方针、政策，让人民真正了解和掌握为民族的解放事业而奋斗的方法，从而真正把亿万人民动员起来，形成跟随党的抗战路线和党指引的方向，一同抗战、坚持奋斗、坚持前进的重要力量源泉。

张宏志建议广大读者能够静下心来多阅读老一辈革命家的传记，了解他们的道德情操和思想理论的形成过程，以助于理解当前的方针政策和思想路线。

（2015 年 9 月 30 日《中国新闻出版广电报》）

阅读提升内在涵养

文 / 涂桂林

嘉宾： 郭和泰家庭

主持： 长治电视台主持人　陈奔

9 月 26 日下午 4 时，第 25 届全国书博会长治分会场重要活动之一“红沙发”系列访谈——走进郭和泰家庭，在长治电视台演播厅举行。来自长治市的“书香家庭”郭和泰一家来到访谈现场，与现场观众一起分享了全家人读书的经历和体会。

66 岁的郭和泰夫妇非常喜欢读书，他们家是个书香飘逸的家庭，家里有 1000 多册藏书。为培养子女的读书习惯，郭和泰利用网络与在北京的女儿组成了读书会，利用专门的时间阅读同样的书或者文章，写出读书心得后在网上进行交流和分享。

郭和泰的儿媳在读书的同时开始为女儿写成长日记，她的文章经常在各类杂志上发表，如今她已经完成了 10 多万字的成长日记。年仅 10 岁的小女孩每周都会读两本书，如此大的阅读量使小女孩几乎在每次的作文考试中拿到满分。

谈起读书的缘由，郭和泰说："1962 年，我和母亲，还有弟弟妹妹离开城市，来到一个很穷的山庄插队劳动，临走时，我的班主任语文老师送我《小学生优秀作文选》《小学生作文辅导》两本书。当时我只有 14 岁，拿到这两本书后就像得了宝贝一样，在农村虽然没有电，每天晚上只能在煤油灯下看书，但我记不得看了多少遍，两本书都看破了，这对我的影响很大，使我爱上了读书，并喜欢上了写作。我看的第三本书是《醒世恒言》，里面的故事写得很精彩，语言很优美。一年以后升到中学，当时家里每个月只给六七块钱的伙食费，但我还是省些下来去书店买书。后来我读的书范围越来越广，我的作文在班里一直是拔尖的，可能与读书有很大关系，真是受益匪浅。"

后来，郭和泰进了一个机械厂工作，由于他的写作能力较强，厂领导把他从职工提拔为干部。郭和泰觉得，正是读书改变了自己的命运。现在，每天晚上读一会儿书，成了他们家的共同习惯。正是因为这样浓厚的读书氛围，郭和泰家庭被所在社区评为学习型家庭。

郭和泰寄语年轻人，应该养成读书的习惯，阅读多了就会提升自身的涵养，就会对生活的认识多一分积淀，对人生的理解多一分感悟。

（2015 年 9 月 30 日《中国新闻出版广电报》）

诗书传递历史与文化

文 / 杜一娜

嘉宾： 北京大学考古文博学院学术委员会主任、全国古籍整理出版规划领导小组成员　孙华

大同市地方志办公室原主任、知名学者　要子瑾

大同大学历史与旅游文化学院、云冈文化研究中心副教授　何建国

主持： 大同广播电视台主持人　柴宏

一座古城，留下 2000 多年的历史与文化。诗书的传递，将古代与现代一线相牵。9 月 26 日下午，第 25 届全国书博会重要活动之一“红沙发”系列访谈走进大同分会场，3 位嘉宾在大同当地的最高学府大同大学，与读者们一起谈历史，谈崇文，谈传承，谈读书。

大同尚武也崇文

第二次来大同的孙华对大同的印象与第一次完全不同，1989 年，第一次来到大同，虽然桃花刚刚凋谢，落红满地，但是大同古城是破旧的，这次再看到的大同，是一个崭新的古城，有旧貌换新颜之感。

作为文化遗产保护研究的专家，孙华从历史和考古的角度娓娓道出大同的历史和地理位置。大同处于草原、荒漠与农耕地区的交汇区，与草原民族相比，大同这个区域的人会用农耕文化教化草原民族；而与相邻的靠南的农耕区域的人相处，他们则选择武力征服。从北魏建都城，辽金时做陪都叫西京，到明代驻扎大量军队，大同一直是一个南来北往的重镇。甚至到清末时，中原地区人口激增而走西口，大同也是必经之地。孙华说，由于处于这样的特殊地理位置，所以大同有着崇文与尚武两种民风。

从事多年大同地方志研究的要子瑾对孙华的分析很赞同。他说："大同从有城建算起，历史大概有 2300 年。如果我们说万里长城是中华民族伟大母亲的项链，而最精致的项坠就在大同，因为大同是唯一有内长城的都城。"因为特殊的地理环境和位置，大同的民风兼具草原与农耕多种民族的特点。要子瑾用 8 个字来形容：尚武、淳朴、爱美、善歌。

文化传承需要读好书

丰厚的历史底蕴，留下的丰富文化遗产，让大同在上世纪 80 年代时就成为中国首批历史文化名城。如今大同古城墙的重建，是对历史文化遗产的保护和继承。如何传承历史文化遗产和继承文化?

对此，孙华颇有感触："文化的本质是什么？研究历史的专家们共同的认识是：文化都不是通过遗传继承下来的，而是通过后天的学习继承下来的，这是文化的实质。更重要的是要构建一个很好的社会氛围。"

"每一个旅游城市、文化城市，吸引人们的不仅仅是自然景观，更重要的是来到一个城市以后，当地市民那种文雅的谈吐，其身上具备的书香气会令他们印象深刻。所以，我觉得一座城市需要养成学习的氛围，或者说营造出一种全民阅读的氛围。如果我们把大同打造成一个人人都是学习之人、时时都是学习的机会、处处都是学习的场所的城市，那么，外边的游客来到大同以后，就会感觉到不一样的气息。"何建国说。

谈起读书与文化传承的关系，孙华的建议让大家很有感触。"我们有些人有很大的志向，但是我们还是要脚踏实地，我们不能对眼前的事熟视无睹，要熟悉我们乡土的历史，熟悉自己的文化，发现其中的问题，然后再和其他地区比较，先比较周围，再比较更远的地区，通过比较来解决这些问题。所以，我想我们的学习要从一些具体的问题开始，然后逐渐扩展开来，有好的老师引导，然后读好书。"

读经典也要会思考

"大学是人生非常重要的阶段，它是人生当中非常关键的一步。在这期间如何来读书非常重要。一本书与个人的成长经历非常密切。如果你选好一本书它可能会指引你走向人生一个高度。"何建国对在场的大学生们提出读书的三个建议：首先，选择自己有兴趣的图书，做好自己的读书计划，而且要计划得合理，三个月读一本书很显然不合理，一天读四本书也不是合理的读书计划。定好自己合理的计划后还一定要坚持，千万不要出现三天打鱼两天晒网的情况。其次，要不断地拓展自己的专业领域，要把与自己专业相关的书目不断地拓展开去，扩大自己的视野。最后，在阅读的时候要处理好文意和字意的关系。字意就是阅读过程当中一些简单的字词句的意思，而文意可以把它简约理解为文章的中心思想。“读书如果只知字意而不知文意的话，那你就抓住了芝麻而丢了西瓜。所以，读书的时候重在读它的文意，也就是作家要表达的那个核心思想或者核心观点。掌握了这点以后就掌握了这本书的精髓。”不过，何建国也提醒大家，在读书的时候还要学会思考，要有一种质疑意识，有种批判意识。

对于读书的选择，要子瑾也给出了自己的方法。“现在有一种书我不建议大家看，就是有些人沽名钓誉当主编组织的书。这些书跟《离骚》能比吗？跟李杜的诗能比吗？跟《诗经》能比吗？后者都是大家的心血铸就而成的。如果你误入歧途，读了一些沽名钓誉的书，就是浪费时间。”所以，要子瑾提倡大家读经典，选择那些真正是民族精华的图书，传统文化中的精髓去读。

读书要选好书，也要学会好的方法。孙华说，自己曾经读过一套辽宁教育出版社出版的引导如何读书的书，读后学到了很多，也找来书中介绍的其他书去读。所以，选择一本好书是很重要的，而读后还要思考，继续延伸阅读，会有更大收获。

要子瑾也认为，读书因人而异，读书有精读的，有好读书不求甚解的，有浏览的，有的是长知识，有的是探求哲理。不过，在个人读书的问题上，要选择自己感兴趣的那个领域去读、去研究。

（2015 年 9 月 30 日《中国新闻出版广电报》）

CHAPTER THREE

第三辑

建设书香社会成文化主流

文 / 李婧璇

嘉宾： 全国人大教科文卫委员会主任委员、中国出版协会理事长　柳斌杰

稻奋基金会理事长　聂震宁

中国编辑学会理事长　郝振省

主持： 中央电视台《商界传奇》主持人　温梦欣

进入 2016 年，已经开展 10 年的全民阅读活动以其蓬勃发展的新态势，正让中华大地书香氤氲、书声琅琅。阅读正在以润物细无声的方式，成为越来越多人的一种生活方式。1 月 7 日上午，全国人大教科文卫委员会主任委员、中国出版协会理事长柳斌杰，韬奋基金会理事长聂震宁，中国编辑学会理事长郝振省三位重量级嘉宾做客由中国新闻出版传媒集团主办的“红沙发”系列访谈活动，畅谈全民阅读推广 10 年所取得的巨大成绩，共同论道全民阅读未来之发展。

倡导将全民阅读上升为国家战略

谈到推动全民阅读这10年来自己最深切的感受时，柳斌杰一言以蔽之道："经过10年的努力，全民阅读已经成为一个方向，成为国家战略性的大事，发生了根本性的变化。"他进一步阐释道，当下，全民阅读已成为国家文化发展的重大战略；全民阅读被列入国家政府文化工作的重要议题；全民阅读立法工作取得重大进展；全民阅读成为我们未来的发展方向；在党和国家领导人的大力倡导和率先垂范下，全社会营造了浓厚的读书氛围和良好的阅读环境。"从根本上说，即将步入小康社会的中国，有更多的精力和能力来开展全民阅读这项活动。"

"倡导全民阅读，建设书香社会已经成为文化的一个主流。"在柳斌杰看来，"十三五"期间，全民阅读活动将会进一步深化，进一步提高我国的全民素质和整体文明水平，"我们要加大力度更进一步地支持全民阅读的开展。"

在聂震宁看来，已经开展10年的全民阅读活动，无论是从政府提倡和重视程度，还是从社会普及程度，抑或是从媒体的宣传引导以及实际的阅读效果而言，都可以称得上是一项"社会化的、可持续的大活动"。"最重要的是全民阅读已被纳入到国家战略，获得相应的支持和发展。"

"当下全民阅读已成为中央及各级政府工作部署里面非常重要的一件事情。"在聂震宁看来，这是全民阅读成为一项社会化活动的重要标志。此外，他还表示，以中国全民阅读媒体联盟为代表的媒体在宣传引导阅读方面形成了社会的热潮，"氛围不仅在活动当中，还要靠媒体，需要媒介不断助推社会正能量。"

“变化很多也很大”，是郝振省亲历全民阅读活动开展 10 年来的深刻感受。在他看来，这些变化主要体现在以下方面，随着党和国家的高度重视，全民阅读已上升为一项国家战略。“党的十七届六中全会决议、党的十八大报告、2014 年和 2015 年的政府工作报告以及中央的一系列文件，包括正在起草完成的《全民阅读促进条例》，都把全民阅读的相关内容纳入其中，全民阅读成为国家战略的变化很明显。”阅读正成为国家要保障的一项民生权利。“随着这 10 年的发展，我们的一些规定和条例，已经把阅读作为一项国家要保障的民生权利来加以肯定，过去我们常说‘耕者有其田’，如今是‘人者有其文，民者有书读’。”

推动建立全民阅读长效机制

10 年来，虽然全民阅读在不断深入开展，但是，让全民阅读形成一种氛围，绝非一朝一夕之功。目前推动全民阅读仍存在哪些亟待解决的问题？针对这些问题如何采取行之有效的举措？访谈嘉宾们纷纷从各自实践经验出发，建言献策。

柳斌杰认为，推动全民阅读应从以下方面着手：要推动将全民阅读纳入国家法律框架体系，确保其作为公民的一项基本权益得到保障；要使全民阅读工作成为政府的一项日常性工作；要加强对全民阅读的引导，成立国家全民阅读指导委员会；要为全民阅读创造更好的条件，加大阅读基础设施建设，增强阅读服务；要用积极向上向善的优秀作品引导网络阅读，让线下阅读和线上阅读相结合。

“当然我们要实现上述目标，需要政府给予支持，需要社会公益组织积极参与，需要媒体发挥力量，以更优质的全民阅读服务于广大人民群众。”柳斌杰呼吁，推动全民阅读，需要全社会充分发挥合力，通过多种多样、丰富多彩的阅读内容和形式来提高公民素质。

对于柳斌杰的观点，聂震宁表示非常认同。在他看来，全民阅读既是一项全民性的事情，又是一项非常个人化的事情。“所以从个人而言，我认为全民阅读要想深入持久地开展，需要各级领导干部、广大中小学老师、家长以及老年人等发挥示范带头作用。全民阅读这项工程需要静水流深，不可一蹴而就。”既是一名作家也是一名出版家的聂震宁从行业担负的责任出发认为，“作家的创作要贴近读者需求，多写群众喜闻乐见的作品；出版者要从推动全民阅读的角度着眼，为读者提供好书，方便读者选书。这是出版者的责任，也是写作者的责任。”

在当下全民阅读活动开展得如火如荼、风生水起之时，郝振省也提出了自己的几点“冷”思考：在互联网和数字出版的时代背景下，不容否认，浅阅读、快阅读多了，深阅读、慢阅读少了。对此，他建议，把开展全民阅读活动和培养阅读内功相结合，把深阅读和浅阅读相结合，把弘扬优秀传统文化和文化科技创新相结合。

对于社会公众所关注的全民阅读立法及相关话题，柳斌杰也予以了详细解读。他表示：《全民阅读促进条例》主要是规定政府在促进全民阅读方面的责任和义务等；今年上半年即将审议的《中华人民共和国公共文化服务保障法（草案）》则将全民阅读作为公共文化保障的一个重点和实现公民权利的一项措施做了规定；《中华人民共和国公共图书馆法（征求意见稿）》将对公共图书馆起到推动、促进、保护的作用。“它们推动全民阅读形成文化方面的制度，建立推动全民阅读的长效机制。”

提倡全民阅读是情怀所在

“十年树木，百年树人”，全民阅读也是这样一项需要耐力和毅力持久深入推动的工程。近年来，不少有识之士为全民阅读的开展鼓与呼，但凡与全民阅读相关的活动都能见到他们忙碌的身影，柳斌杰、聂震宁、郝振省就是其中的代表。在访谈现场，三位嘉宾一一道出了自己的心声。

柳斌杰回忆，2006 年，当时的新闻出版总署会同中宣部、教育部等八部委组织发起了全国范围的全民阅读活动。“当时我们都认为，这是一件一举三得的事情。第一，它的提出符合国家的战略发展，读书是人们通向文明的必经之道；第二，读书益民，广大民众通过读书获得知识；第三，对于出版行业而言，也将起到积极的促进作用。”

令柳斌杰颇感欣慰的是，随着全民阅读活动的逐年开展，大家对这项事业越来越认可，越来越重视，并提出了一些值得推广的经验或举措。“把我们过去的读书日变成了读书节，再进一步变成了读书周、读书月，现在是读书季。全民阅读这项事情越做越好。”

回顾自己最初自告奋勇担任中国全民阅读媒体联盟的名誉理事长时，柳斌杰饱含深情地说道：“我一生中的一个重要目标，就是让全民阅读、书香社会的建设能够取得阶段性的成就。我要把它当成一件好事去做，更要把这件事情做好。”

聂震宁则从儿时以及青少年时期的成长经历回忆，正是阅读陪伴他度过孤独、彷徨、寂寞的时光，同时也支撑着他去做一个好人、一个有用的人。“阅读对我而言是特别重要的一件事情。有时候一本好书，会使你终身难忘，可能成为支撑你一生的精神养料，所以我觉得阅读对于我们个人的成长非常重要。”成为一名出版者后，以出版好书服务读者、服务社会、服务民族又成为聂震宁的新追求，“使读者读有所得，使得整个社会有更好的进步。”而作为全国政协委员，聂震宁已经连续 9 年递交与全民阅读相关的提案。对此，他表示：“这也是一种情怀所在。这是履行作为一个读书人、出书人，也是一个写书人的责任和义务。”

“要建立文化强国，首先要建立阅读强国。”郝振省谈及自己推动全民阅读时表示，这其中有着自己浓厚的科研情怀。也正是在这样一种情怀的引领下，郝振省带领当时的中国新闻出版研究院承接起最初的全国国民阅读调查工作。“截至目前，已连续开展了 12 年，这项调查为每年我国国民阅读情况的变化提供了科学的依据，折射出国民阅读变化的趋势。”而谈到自己积极参与的中央国家机关“强素质 作表率”读书活动时，郝振省颇有感触地说道，到今年 1 月，该讲座已经是第 81 期了，在这近 7 年的时间里，他从未缺席。“这不仅仅是领导交付我的一项任务，更是我的一项事业，这就是我推动全民阅读的情怀所在。”

（2016 年 1 月 15 日《中国新闻出版广电报》）

阅读世界　书写美好

文 / 孙海悦

嘉宾： 著名儿童文学作家　汤素兰

湖南少年儿童出版社副社长　吴双英

主持： 中央电视台《商界传奇》主持人　温梦欣

在中午的明媚阳光中，孩子们席地而坐，专注地读着书。几年前在一所学校里发生的这一幕，让著名儿童文学作家汤素兰至今难忘，也让湖南少年儿童出版社副社长吴双英颇为感慨："为孩子们奉献好书，责任重大，但又是何其幸福的一件事！" 1月7日上午，儿童文学作家汤素兰、湖南少年儿童出版社副社长吴双英做客"红沙发"系列访谈，讨论如何为孩子创作更多优秀图书。

奉献精品　需出版者与作者相濡以沫

为少年儿童提供优秀精神食粮，需要作者与出版者携手努力。创作者在儿童文学创作方面如何求真向善趋美，与时俱进地满足小读者的需求？对此，一直坚持儿童文学写作近 30 年的汤素兰说，首先是作家要深入生活，了解今天的孩子们的喜怒哀乐。“今天的时代发展速度比任何时候都快，代际之间的代替更是跟我们的童年时代完全不同。”她认为，作家深入生活的途径有许多，可以以支教的方式，也可以在作家进校园的时候进行。汤素兰透露，湖南儿童文学学会正准备推动一项名为“驻校作家计划”的工作，希望儿童文学作家能够较长时间、较固定地在一所学校和一群孩子打交道，帮助他们阅读，提高他们的写作水平。

营造使精品佳作脱颖而出的环境，出版者要甘于架桥铺路，与作家相濡以沫。在这个过程中，如何面对市场和品质的博弈，平衡社会效益和经济效益？吴双英介绍说，湖南少儿社在这方面主要是抓好两头，即内容和推广。湖南少儿社一直致力于推动原创，塑造品牌，并推出了一系列社会效益和经济效益兼具的书，比如《全球儿童文学典藏书系》《暖暖心绘本》《大英儿童百科全书》《从小爱科学》《红辣椒丛书》，还有汤素兰的《笨狼的故事系列》等。这一方面得益于该社对于儿童阅读趣味和图书品质的把握，另一方面也得益于其立体的推广方式。“帮助读者认识好书、掌握更多的好书信息，进而使其产生阅读和购买的愿望，既是出版者的责任所在，也是体现自身价值的方式。”吴双英说。

“书是孩子，孩子是打开的书。”这是有着多年童书编辑出版经验的吴双英的编辑理念。她说，自己做了十多年的编辑，每一本书从策划编辑到出版的过程，真的就像母亲十月怀胎一样。“每一个成长中的孩子，都是一个丰富的个体。他的心灵世界，就像一本书一样丰富和斑斓，我们爱他、读他，在陪伴他长大的过程中，也把自己融进了他的生命，变成了他书中的一页。”

在吴双英看来，少儿出版整体态势是非常良性的。在“十三五”开局之年，湖南少儿社在走出去方面也有很多设想，如结合“一带一路”的海上丝路平台规划，以及对亚洲少儿读物节的持续跟进。“我们还将借力多个平台，开发系列富媒体少儿产品，为图书资源多平台分发、多渠道投放、多媒体展现，进行更大范围的尝试和探索。”

推广阅读　当多方合力引导助推

国家新闻出版广电总局连续开展“百社千校”阅读活动，引导少年儿童健康阅读，努力形成“爱读书、读好书、善读书”的良好读书风尚。吴双英介绍说，在总局的引导下，湖南少儿社近几年做了大量阅读推广工作。首先，是线下的读书分享活动，包括 3 个方面：名家进校园，2015 年举办 200 多场；设立阅读推广基地，通过各个阅读基地和社里资源的互动共享，形成了集研发、编辑、推广于一体的维护体系，在开发读者资源、带动阅读风气方面成效明显；以会展活动、新书发布、研讨会的方式，让业界和大众更加了解该社的图书。其次，在线上也做了大量阅读推广活动。如在各大视频网站上线了视频公开课“笨狼读书会”，运用微信、微博、QQ 群等新媒体在线上进行了阅读分享推广，设立 QQ 群和微信群邀请名师开展好书阅读分享会等。

“她的童话花园，是一个既充满活力，又温暖明亮的神奇世界。”这是业界对汤素兰作品的评价。而汤素兰总是告诉自己，要写得更好、更认真，不能辜负孩子们的期望，不能浪费孩子们的时间。她曾经多次深入基层、校园与孩子们交流。她认为，通过与小读者见面的方式，会激发孩子们的阅读热情。“有的孩子可能就是通过与一个作家的见面、读了这个作家的某一本书而喜欢上这个作家，然后喜欢上书的”，汤素兰说：“对于作家来说，这既是对作品的一种检验，同时也是对自己写作的一种反思与促进。”

她说，当自己到学校和小读者见面的时候，有些孩子以为她是有魔法的，对她充满信赖。“他们相信的其实不是我，而是文学。所以，儿童文学本身是一种相信未来的文学，也是一种充满爱的文学。”汤素兰感叹，自己总是希望世界能变得更加美好，她想通过自己作品的感染力，让所有人都相信真善美是存在的。“当你对未来有信心的时候，当你总是觉得每天都在成长的时候，你就能够保持你的活力。”汤素兰透露了自己永葆写作热情、始终初心不改的秘诀。

“如果你曾参与过一个素不相识的孩子的成长过程，给过他童年的快乐和惊喜，让他在童年的某一刻与你的书相伴，你的生命感悟、人生理想曾经浸润过他的心田，还有什么比这更幸福的呢？”汤素兰一直记得一句话：一部好的儿童文学作品，应该是从 9 岁到 99 岁的人都能够阅读的，这也是她提笔写作时对自己作品的期待。

（2016 年 1 月 15 日《中国新闻出版广电报》）

用漫画传播中国文化

文 / 李彦

嘉宾： 著名漫画家　蔡志忠

中国人民大学国学院副院长　孟宪实

主持： 中信出版集团大地工作室总编辑　覃田甜

把从小学过的、背过的四书五经，《老子》《庄子》这样博大精深的中国古代文化经典，亦或天马行空的飞扬狂放诗句，用漫画的形式固化，且准确地表达出来，并能够令人信服，漫画家蔡志忠做到了。

经典著作强调的是思想、理念，漫画讲究的是另外一种美。蔡志忠把这两个看似完全不搭调的"物种"自然、灵动、富有哲理地结合在一起，清新活泼又非常艺术地去表现，这是他从小的个人梦想。迄今为止，他创作的 100 多部作品在 30 多个国家和地区以多种语言版本出版，销量超过 3000 万册，影响了一代又一代读者。1 月 7 日下午，蔡志忠与中国人民大学国学院副院长孟宪实一同做客"红沙发"系列访谈，畅谈"在笑声中悦读中国经典”。

经典就在我们身边

蔡志忠原以为漫画只是艺术表达，后来他发现这太狭隘了，漫画是没有界限的，漫画可以表达任何思想，包括深奥的哲学。

蔡志忠是台湾彰化人，15 岁便开始成为职业漫画家，1976 年成立龙卡通公司，拍摄了《老夫子》《乌龙院》等长篇动画电影，曾获 1981 年金马奖最佳卡通片奖。1983 年开始创作四格漫画。他曾经到日本跟日本漫画家学习，但他后来决定不走日本漫画家的道路。

在孟宪实看来，蔡志忠给自己选择了用漫画的方式推广中国文化。看他的中国经典漫画，如今已经成为全世界人了解中国、了解中国传统文化的一个很重要的途径。

造成这一文化奇观不仅让孟宪实好奇，“红沙发”系列访谈活动现场的观众也很好奇。蔡志忠坦言，下一步他要继续画中国经典漫画，让全世界都了解中国经典。

对于世界各地形成的蔡志忠热，孟宪实认为，蔡志忠通过漫画，把漫画的界域打开了，把漫画变成更广阔的语言，把漫画变成哲学的语言，这是他的伟大之处。“通过蔡志忠的漫画，人们发现深奥无比的经典著作原来跟我们的距离很近，经典就在我们身边，甚至可以很容易很形象地理解经典。”

得益于父母言传身教

俗话说三岁看大，七岁看老。蔡志忠的女儿从 1 岁开始，大部分时间都是他带，当时他在开公司，经常带她到公司。女儿 1 岁半时学习过马路，只要她会走就放手让她走。女儿从 5 岁开始可以搭公交车去最热闹的地方买东西；12 岁半可以一个人独自环游半个地球；17 岁一个人去美国，然后去 5 个学校考察，最后选定一个学校；23 岁毕业，然后发誓这辈子再也不跟父亲要一毛钱。

蔡志忠很注意身教，这得益于他的父亲。他的绘画才能就是从父亲那里得来的。“每个父母要对自己刚出生的孩子负责，尤其在 3 岁以前要特别注意引导、教育，因为 5 岁以后就不能改变了。”蔡志忠表示，父母不能没在家里把孩子教好，然后期待到了孩子六七岁的时候学校的老师把他们变得很好。从我的父辈开始，家里人一直讲求身教，这不是我们家自己发明的，也不是台湾发明的，是我们中国几千年来的固有文化。

在他的印象里，他爸爸一辈子没跟他讲超过 50 句话，就是身教，做表率，要做就做第一。他父亲当年在全乡是书法第一，每到春节前一个月，就开始给全村全乡的人免费写春联。后来蔡志忠的所有挑战都是要做第一。“我要成为亚洲最厉害的漫画家，这个大概快做到了。”他自谦地说。除了漫画家的挑战，蔡志忠还曾拿过两次亚洲桥牌冠军。所以在他看来，只要全力以赴真心去做一件事，是很容易达到目标的。

让文化创意走出去

文化是最好的武器。现在全世界接收美国文化主要来自两个方面，一是好莱坞的电影和美剧，另一个是麦当劳和肯德基。就对外文化传播而言，蔡志忠认为，做得好的还有韩国。“韩国的漫画家或者作家，如果出版了外文版的书，在国外卖多少国家就补助多少，影视剧、游戏也是一样，韩国把整个文化产业做成了一个产业链。”

如今中国大力推动文化创意产业发展，蔡志忠认为，文化、创意、产业是三个完全不同的“物种”，“有文化的不一定有创意、有产业；有创意的不见得有文化、有产业；有产业、有能力的老板不见得有文化、有创意。所以，要使文化创意产业大发展，就要创意、产品、企业三点连起来整合。另外，搞文化创意产业不能只依靠国家，还要依靠所有的民间企业和大众。”他表示，目前他自己也在做文化创意产业走出去的事。

在孟宪实看来，蔡志忠把中国文化的优势用他的漫画已经做出了很好的产品，即那些中国经典漫画。“怎么样通过创意把它变成其他各式各样的产品，然后卖到全世界去，让全世界都接受，这是大家今后的任务。”

蔡志忠承认，漫画灌输了他所有的智慧，养成了他不知道的东西都对他有无穷的诱惑力。对于终生所从事的漫画事业，他认为：“漫画是最好的语言，是一种无形的武器。就像一本用希伯来文写的书，你不晓得它写的是什么；如果一本书是以色列漫画家画的，你就知道这是在画堂吉诃德，或是在画战争，或是在画犹太的历史。所以，漫画对一个作者来说是很好的语言。”

在他自己看来，出了那么多书，卖了那么多本，绝对不是蔡志忠很有名，而是因为他用漫画的形式画了中国诸子百家，传播了中国文化。“我在外国看过《孙子兵法》《老子》，放在旧金山的书店，没有人买。所以，传播中国文化可以通过漫画的形式，画中国经典漫画。所以，还是漫画。”

40年前，蔡志忠拍过4部动画片，后来得过金马奖。他是第一个进入中国大陆签约的台湾作家，是第一个在普林斯顿大学出版社出版《庄子说·老子说》的作家。现在是一个互联网社会，面对众多带有“互联网”基因的读者，蔡志忠坦言：“有幸活在这个时代，那是一个天大的良机。”他认为：“正因为在这样的时代，才可以有马云、丁磊他们出现。所以，任何人在互联网时代，更要与时俱进。”

（2016年1月15日《中国新闻出版广电报》）

用音乐记录历史　用出版记录音乐

文 / 李彦

嘉宾： 中国人民解放军军乐团副团长、国家一级指挥、九三阅兵联合军乐团总指挥　张海峰

中国人民解放军军乐团国家一级指挥、九三阅兵联合军乐团总指挥　张治荣

人民音乐出版社副总编辑　赵易山

主持： 中央电视台《商界传奇》主持人　温梦欣

人民音乐出版社与中国人民解放军军乐团强强联手，打造了《纪念中国人民抗日战争暨世界反法西斯战争胜利 70 周年交响管乐作品精选》和《中国军乐——纪念中国人民抗日战争暨世界反法西斯战争胜利 70 周年阅兵曲》这两部作品，前者是国礼书，后者真实地再现了阅兵当日气势宏大的音乐场景，说起这两部作品创作背后的感人故事，参加 1 月 7 日下午“红沙发”系列访谈的三位嘉宾滔滔不绝，侃侃而谈。

录制精益求精

去年大阅兵的宏大历史场面，令人们记忆深刻。天安门广场上1200人组成的九三阅兵联合军乐团，威武雄壮。而为了留下这历史的重要时刻，更好地展现解放军军乐团的国家水平，张海峰在公开场合首次透露，《中国军乐——纪念中国人民抗日战争暨世界反法西斯战争胜利70周年阅兵曲》他们录制了两遍。

制作音乐作品必须有很多东西是非常专业的，尤其制作国家的军乐出版物，更要严格、严谨、精专。“第一遍录完以后，我们不太满意。”张海峰介绍，为了录制第二遍，他们把解放军军乐团90多人的乐队从阅兵村调回到解放军军乐团重新录制。

“为了录制九三阅兵曲，其中有很多作品是重新编配的。”张治荣说。因为阅兵是在室外，得考虑到1200人的阅兵音响、声响还有乐队各个声乐排练等问题，所以在此之前他们做了大量的与作曲家沟通的工作，把一些用过的曲子做了比较大的改动，重新配器，让音乐更能够适合于九三阅兵的演奏效果，让音乐作品体现得更丰富、更立体。

在《纪念中国人民抗日战争暨世界反法西斯战争胜利70周年交响管乐作品精选》里，很多作品都是军乐团经历了若干次的演出、若干次的音乐会、若干次的重大节庆日的磨炼，所以这些作品都是精品，跟一般的音乐CD不一样。赵易山坦言，人民音乐出版社跟中国人民解放军军乐团合作是一个凸显军乐方面特别好的亮点，解放军军乐团的水平在国内首屈一指。《中国军乐——纪念中国人民抗日战争暨世界反法西斯战争胜利70周年阅兵曲》则凝聚了军乐团的每一个指挥、每一个演奏员和出版社每一个同志的心血，从排练、录音、整理乐谱到设计，再到后来的传播、做音乐会，凝聚了参与九三阅兵每一个人的点点滴滴。

双方都是受益者

从出版的角度来说，人民音乐出版社是国家唯一一家“国家队”的音乐出版社，不单单承担着全民阅读的责任，同时还承担了国家的音乐创作、音乐教育、音乐传播和出版主流音乐作品的任务。

作为人民音乐出版社副总编辑，赵易山表示：“电视上很多音乐节目那么火，有那么多的选秀节目，很多人认为人民音乐出版社更应该做得风生水起，但是作为国家的品牌出版社，我们的追求一定是主流，我们要传递的是国家的声音、民族的声音、主体的声音，我们传递的主流的声音，是每一个作为中华人民共和国的公民必须听到的声音。所以，我们会为此努力。”赵易山说，人民音乐出版社有句口号：用音乐记录历史，用出版记录音乐。这也是国家品牌出版社所追求的。

张海峰认为：“解放军军乐团奏出的声音、开的音乐会一定是反映我们民族的、我们军事的，反映我们强军强国的音乐艺术一定是正能量的。人民音乐出版社是国家级出版社，他们要出版国家级音乐出版物，解放军军乐团传播的是国家的声音，双方合作正好契合强强联手的特质。”他希望，人民音乐出版社除了出版高大上的音乐出版物、乐谱、音乐书籍、CD 外，更多地出版一些教学上的影像出版物。

作为九三阅兵联合军乐团总指挥，张治荣从上世纪 70 年代末就是人民音乐出版社的受益者。他说：“我所有的图谱、传记、理论书籍，我看过、用过的 90% 以上的书，都是人民音乐出版社出版的，到现在我还留着 1977 年买的一大批图谱，那时候我还不是指挥。人民音乐出版社出版的书又经济又实惠，而且有很高的艺术价值，所以我是人民音乐出版社的直接受益者。”张治荣一直有一个愿望，希望能够看到更多的由人民音乐出版社出版的乐谱、传记、音乐理论等方面的书籍。

乐队总指挥看什么书

中国人民解放军军乐团始创于 1947 年。1949 年作为主力乐队参加新中国开国大典，首次奏响中华人民共和国国歌。作为国家礼仪乐团，曾为来访的近 200 个国家的近千位国家元首、政府首脑和军队领导人演奏。

解放军军乐团在普通老百姓眼里还是比较神秘的，可能仅仅知道他们是一支国家级的司礼部队。大家很想知道军乐团的人，从指挥到演奏员，每天除了进行音乐方面的训练之外，在读书学习方面和普通人有什么不一样。

张海峰喜欢看人物传记，音乐方面的人物传记或历史方面的人物传记都看得比较多，像《拿破仑》《雍正皇帝》等。“相对来说，我更偏重读历史书，在音乐类图书中，我也是读人物的传记，这是我的偏好。”张海峰说。

“不会只有一本书对一个人的一生起到决定性的作用。”这是赵易山的看法，他觉得每个人的兴趣爱好不同，“你读的所有的书中都能够找到你自己感兴趣的思想、内容和影响到你情感的内容，这样的书一定是你最感兴趣的。”赵易山认为，提倡全民阅读，更要提倡阅读涉猎广泛。

（2016 年 1 月 15 日《中国新闻出版广电报》）

谈史阅世　怡然自得

文 / 李彦

嘉宾： 著名历史学家　阎崇年

主持： 中央电视台《商界传奇》主持人　温梦欣

“学术研究如日月经天，江河行地，自强勉力，不有止息。”这是阎崇年给自己的新著《阎崇年自选集》(九州出版社)写下的批注。著名清史专家阎崇年读史阅世六十载，80高龄仍笔耕不辍，著作等身，据不完全统计，目前已出版专著70多种。1月7日下午，在“红沙发”系列访谈活动的现场，耄耋之年的阎崇年谦虚地说道：“我这个人比较实际，既喜欢江又喜欢河，所以我就这么写了。”

难忘中国书店“蹭书”经历

学历史、研究历史最是要甘于寂寞和清贫。当年阎崇年受中学一位历史老师的影响，学起了历史。最早学先秦，看了三年诸子百家的著述，

1962年开始研究清史。一直以来都是在家里的饭桌上完成大作，80岁才真正拥有了一张属于自己的写字台。谈起对自己职业生涯影响比较大的历史书籍，阎崇年讲起了他在北京琉璃厂中国书店“蹭书”的故事。

阎崇年家离北京琉璃厂很近，一到周六下午有空闲了，他就到琉璃厂的中国书店看书。那时的新华书店，书架前都有柜台挡着，他去的中国书店是开架的，伸手就能拿到书，《资治通鉴》《战国策》《论语》等都是拿起来就看，也没人管。

他最喜欢看的一本书是司马迁的《史记》，线装书，普通人家买不起，他就在那里看，中午也不回家。尽管书店离他家不算太远，每次他就带一个窝头，中午的时候把窝头搁在书店的煤球炉子上烤，书店的店员特别好，给他端来一杯热水。阎崇年说：“他跟我谈看什么书，我也问他一些书。我就一边吃窝头，一边喝白开水，吃完了喝完了接着再去看书。”

令阎崇年印象最深的是，书店里有沙发，他可以把书拿到沙发上看，还可以做笔记。那时候做笔记就是写卡片。如今，积累的卡片装了家里的一柜子，柜子就跟药铺的抽屉一样，分门别类地把不同题材的卡片放在不同的抽屉里。一个暑假，天天早晨去，晚上回。做学生那段时光看的书，对阎崇年后来的发展起到了潜移默化的作用。

谈起中国书店两位知名的古籍专家，阎崇年非常感慨，“当年中国书店有两个人，一个叫孙殿起，编著过《贩书偶记》，一个叫雷梦水，著有《古书经眼录》等书，他们很用功，一边卖书一边做笔记，最后卖书卖出了两位大专家来。所以，用心记学问，只要用心就能做出好学问。”

写史最难在新观点新史料

阎崇年为央视《百家讲坛》主讲过“清十二帝疑案”“明亡清兴六十年”“康熙大帝”和“大故宫”等系列讲座，拥有很多粉丝，被誉为《百家讲坛》的“开坛元勋”。

《百家讲坛》一场45分钟，要想在这么短的时间内讲好历史，从何开笔，怎么浓缩大段历史，如何吸引观众，阎崇年背后付出的精力和时间只有他自己清楚。他最大的感受是半夜经常醒来，白天没想明白的，夜里突然想明白了，然后赶紧披上衣服打开电脑，记下点什么。

“我有时候夜里两三点钟就醒了，为什么醒了呢？就是白天一天老解决不了的那个问题，夜里突然想明白了。”阎崇年说，“这个时候不能睡觉，一睡觉就忘了。”

阎崇年举例说道，有一天一个编导跟他说，最后一讲是大结局，就给他32分20秒，要把明亡清兴这段历史说清楚。“明朝为什么亡了，能写一本书，清朝怎么兴的，也能写一本书。给100多万字都描述不完，但要在32分钟内把这段历史说清楚，太难了。”

那天夜里两点多，阎崇年突然醒了，想明白了，特别高兴，打开电脑就打了四个字：三分三合，然后关机睡觉。第二天早上起来，他洗了脸吃过饭打开电脑，大概5个小时把文案写完，6000多字把明朝亡了的“三分”：民族分、官民分、宗权分，清朝之兴的“三合”：民族合、官民合、君臣合，表述清楚。

但这三分三合的讲稿行不行，他心里没数。正好有人请他作报告，于是他就讲了这三分三合的明亡清兴的这段历史，讲了两次，每次 40 分钟，效果都出奇的好。在央视正式录制后，这场讲坛后来竟然成了样板。

在阎崇年看来，写史书、研究历史最难的地方有两点，一是必须有新观点，人云亦云不行；二是必须有新材料，要用别人没有用过的，说别人没有说过的话，见别人没有见过的历史材料。

书香社会从父母做起

如今提倡书香社会，全民阅读，阎崇年认为："个人应当是书香人生，家庭应当是书香家庭。书香家庭首先要从父母做起。"他之所以有深切体会，是因为他遇到一件事。

老北京炸酱面是阎崇年的最爱。有一位朋友"五一"节要请他吃炸酱面，阎崇年觉得无功不受禄，肯定是有事相求。原来这位朋友的孩子要考学，就想请阎崇年告诉孩子学习有多么重要就行。孩子是阎崇年的粉丝，阎崇年的一句话顶父母一万句话。后来阎崇年得知，孩子的爸爸晚上爱出去串门，要不就喝得酩酊大醉才回家睡觉，孩子的妈妈晚上爱看电视，孩子做作业的时候，他妈妈通常都在看电视。阎崇年就出主意让孩子的父母每天看书看报纸看杂志，几天下来，孩子慢慢看书了。"这说明什么？就是父母读书会影响孩子。所以，要想成为书香家庭，首先要从父母做起，做书香父母。"阎崇年说。

过去阎崇年每周必逛一次书店，后来年纪大了，就打电话让人送书到家。"现在买书很方便，信息很发达，我需要什么书，早上吃早饭的时候在网上把书订了，下午就能送到，真是又快又好。"阎崇年觉得，社会再怎么进步，科技再怎么发达，纸质的书都不会被取代，会永远存在下去。

读书首先是一种享受。阎崇年说，“iPad也好，电子书也好，是书籍发行的一种手段，但不是唯一的。我自己不上网，家里人用iPad让我看，我觉得太不舒服了，即便用笔记本电脑看也太不方便。另外网上的一些东西太随意，顶多就看个信息、奇闻、异事。我觉得真正要提高文化水平，加强文化修养还是应该看书，看纸质的书。”

（2016年1月15日《中国新闻出版广电报》）

听书让阅读更精彩

文 / 范占英

嘉宾： 广东大音音像出版社社长　闻宗禹

咪咕数字传媒有限公司副总经理　陈学

上海倾听信息技术有限公司常务副总经理　吕勇

主持：《光明日报》记者　李苑

最近，国际著名出版商企鹅兰登邀请中国男星刘烨为《小王子》有声书“献声”一事，在国内引起了巨大反响，有声读物随之再次成为焦点话题。其实，在当下的中国，听书已经成为阅读的重要形式之一。今天的听书，已经不再或不仅仅是听电台里的节目，音像出版社的磁带、光盘，而是升级成为手机 APP 客户端、微信公众平台的网络数字听书，升级为个性化的服务和多样性的选择。可以说，“听”正在影响“读”。

1 月 8 日上午，在“红沙发”系列访谈活动中，广东大音音像出版社社长闻宗禹、咪咕数字传媒有限公司副总经理陈学和上海倾听信息技术有限公司常务副总经理吕勇，共同和读者分享了听书的乐趣以及发展情况和前景。

听书的前世今生

当前的网络数字听书和传统的有声读物一脉相承。有声读物就是把经典作品用朗读演播的形式表达出来，这种形式在中央人民广播电台、北京人民广播电台等媒体长期存在，或以长篇小说连播、评书连播或在少儿节目中呈现。闻宗禹介绍说，上世纪 80 年代中后期，为适应读者的需求，有声读物应用到出版界。早期的出版物包括高等教育出版社的“半小时世界名著”、北京师范大学出版社的四大古典文学名著等。闻宗禹所在的广东大音音像出版社也在这个世纪初期出版了“中国现当代诗歌朗诵系列”“唐诗三百首”“爸爸妈妈讲的睡前十分钟故事”等有声读物，堪称经典，有的还创造过销售数万套的业绩。

近年来，随着互联网的发展，网络数字听书悄然盛行，各类网络听书APP 平台、微信公众号像雨后春笋般迅速成长。据统计，现在有 500 多家听书网络平台，其中像“咪咕听书”等非常受读者欢迎。

听书市场的蓬勃发展还体现在中国音像与数字出版协会有声读物专业委员会的发展壮大上。在国家新闻出版广电总局的指导下，2015 年 7 月，该委员会在北京成功换届，会员单位发展到 45 家，除传统的音像出版单位，还吸纳了包括“蜻蜓 FM”、喜马拉雅等网络阅读平台、听书平台等。而且，不断有新的知名听书平台运营商申请加入。

共同把蛋糕做大

有人认为新型听书平台抢了传统出版单位的蛋糕，事实是否真的如此呢？对此，陈学持不同观点，他认为，目前的市场有足够的容量可以让双方通过合作做大蛋糕，各自获取更大的一块。

陈学介绍，“咪咕听书”的前身是中国移动手机阅读基地，从事电子书、数字阅读、数字出版领域有六七年时间，截至 2015 年拥有正式版权图书 43 万册。开展有声读物试水一年时间里就累积用户六七千万，年收入也将近 1.8 亿～ 1.9 亿元。可以说，基于正版的、用户倾向的消费模式的价值链是走得通的。

陈学认为，传统出版以及网络数字媒体技术的相互结合、碰撞，符合现在“互联网 +”的政府号召，能够创造出巨大的商业价值。

闻宗禹的观点是，咪咕传媒最突出的是他们做到了运营模式上整个网络的闭合，因此得到不少出版单位的信赖，在数字内容上愿意和咪咕数字传媒合作。

对于和传统出版单位的合作，吕勇的说法是，从“倾听”的角度来说，一方面自己是互联网听书平台，另外一方面其实也是一个内容生产商，他们是“咪咕听书”里面最大的内容提供商。他觉得，不管是传统形式还是互联网，基于内容跟平台之间的关系，双方相互促进。

听书市场前景看好

对于为什么听书突然间有了市场的问题，陈学的解释是：一方面，听书的形态比较适合现在手机用户的这种伴随式使用的方式。他说，看书看视频时，眼睛的疲劳度是比较高的，看手机如果是高亮度的话，10 分钟视力短时间就会下降 100 度，但是听书就不同了，在令人愉悦的同时对健康不会有负面影响，而且可以一心二用，使用者在忙家务、照顾小孩、上下班的同时都可以去听故事、音乐，这种方式是把大家的碎片化时间利用起来了。因此，只要内容源够丰富，传播的渠道够畅快，大家就能够接收到优质的内容，门槛又比较低，流量消耗又不像视频那么高，所以一下子占领了相当比例的市场空间。

陈学介绍，在听书市场，我国约有 3000 多亿元的市场规模，可是目前的五六百个公司为了扩大用户规模，更多的是以免费的方式来运营的，但是，当用户规模达到一定程度，商业形态最终会转向正向的一种收费模式。他认为，风投的钱总有一天要烧光的，免费的盛宴是不能长久的，这个行业最终还是要过渡到比较好的正向的商业形态。他介绍，现在用户习惯已经逐渐培养出来，就“咪咕听书”而言，其用户每天的平均使用时长是 55 分钟，可以看到“咪咕听书”已经变成用户不可或缺的生活必备。

对于用户使用习惯问题，吕勇说，“蜻蜓 FM”从 2011 年开始做 APP，至今下载用户量已经达到两亿，日活跃用户接近 1000 万。这让他们相信，相较于光盘、收音机，移动互联网的发展在手机端更合适，或者说小说本身因为有情节等原因，对用户的黏性会非常高。“蜻蜓 FM”跟中央人民广播电台合作，积累了十几万小时的音频节目，包括《平凡的世界》《推拿》等有声小说。“蜻蜓 FM”还建立了一整套基于互联网制作的体系，支持不断推出新的作品。

吕勇介绍，场景的力量让他们感觉到听书市场的巨大前景。第一个场景是开车，开车时听是刚性需求，有一些用户会听电台，有一些用户会听音乐，但是也有一些用户更想听小说。第二个场景，是在移动过程中，比如上下班途中的碎片时间，他以为，看当然也是一个需求，但是不如听。“蜻蜓 FM”用户的收听数据也证明了这一点。

告别免费商业模式

听书肯定是要继续发展的。那么，未来的听书会是什么样的呢？对于这个问题，吕勇说，单以“蜻蜓 FM”小说为例，重点是四个方面：一是内容，考虑怎么样挖掘内容，怎么样把更好的内容提供给用户。二是版权，包括制作，主要在于怎么样给用户提供更高品质的内容。在这方面，“蜻蜓 FM”更多的是从用户的角度考虑，希望帮用户节省一点费用，但随着流量越来越不是问题，那些流量足够大的版本的收听效果有时会非常震撼，提升了服务品质。三是跟各个分发渠道的合作，包括跟运营商的合作，跟咪咕传媒的合作，以及跟海尔家电的合作。四是有声小说本身的商业价值的延伸，形成正向循环的健康产业链。

陈学说，如果基于小说进行艺术加工，给有声小说配音的主播等年收入能够达到百万元量级，在这样的商业模式下，更多的优质内容就立马能够生产出来。但是，这个情况在现在靠免费的商业模式是没法撑住正向的、长期的、循环的。所以，随着用户听书习惯的形成，免费模式逐步要向收费模式过渡，必须要回馈给内容的创作者以及内容的制作单位。

融合让各方受益

有声读物专业委员会的一项主要工作就是帮助会员单位的各个平台进

行融合、合作。闻宗禹说，把大家团结起来是国家新闻出版广电总局指导各方成立有声读物专业委员会的初衷，这个专业委员会要把互联网听书行业的知名运营商、平台商，把传统的做有声读物的有名的出版社都请到这里来。

闻宗禹认为，出版单位在转型过程中首先是转观念，要用互联网的观念，用互联网运营的观念去思考今后的著作，要走出纯粹经典的思路，要根据市场的需求，真正起到一个内容供应商的作用。他希望通过有声读物专业委员会这个大家庭，大家互通互联尽快融合，使经典的有声读物产品尽快转化成互联网听书平台的产品。

令人欣慰的是，随着听书产业的发展，像中国出版集团数字出版传媒机构制作的“去听”，整个出版界都在关注。一些少儿出版社在有声读物的开发方面，比如“点读”形式已经有成功的经验，这些都是未来互联网平台听书这个产业很好的基因，这个应该是有声读物专业委员会下一步要做的事情。闻宗禹相信，互联网听书平台的大佬们，在更多内容供应商的支持下，携起手来，可以让听书运营得良性化，让它可持续化、健康化，让阅读变得更精彩。

（2016 年 1 月 15 日《中国新闻出版广电报》）

西行三万里　边走边读

文 / 范占英

嘉宾： 中央电视台前主持人　王志

作家　安意如

“百家讲坛”主讲　袁腾飞

主持：《光明日报》记者　李苑

神秘的丝绸之路，横跨欧亚大陆，中央电视台前主持人王志在参加历时 3 个月、行程 1.5 万公里、穿越 8 个国家的“丝绸之路万里行”过程中，将百感交集的心情，化成了文字，近日由生活 · 读书 · 新知三联书店出版了《西行三万里》一书。围绕这本书，在 1 月 8 日上午的“红沙发”系列访谈中，王志与作家安意如、“百家讲坛”主讲袁腾飞展开了关于行走和阅读的话题。

难抑写作冲动

说起《西行三万里》一书，王志向大家介绍说，本来自己参加“丝绸之路万里行”活动是去主持节目的，但是丝绸之路 1.5 万公里的路确实太厚重了，太丰富了，太神奇了。这一路每天有大量时间坐在车上，脑细胞特别活跃，抑制不住想把想到的东西写下来。他说，他从自己的体验出发，每篇都是有感而发。如果不是那种既陌生又熟悉，曾从各个渠道了解过的许多信息的感觉；如果不是感受到自己没感受到过的深刻印象，他绝对不会去写。每一个文字都很有张力，绝不会从书上去抄的。他还给自己规定，要把事情说得有趣，不要写得太长，无论如何不能超过 3000 字，所以在这部《西行三万里》中，90 篇文章都比较短而生动。

袁腾飞介绍，重走丝绸之路意义非常大，这一路的文化积淀很深。丝绸之路有两条，一条是陆上丝绸之路，一条是海上丝绸之路。我们往外输出去了许多，比如我们的丝绸、瓷器，实际上这也是一条文化交流的重要途径。

听说王志这次到了传说中李白的出生地吉尔吉斯斯坦碎叶城，那个地方现在还生活着中国人的后裔。安意如说，自己从小就习惯看西域故事，包括楼兰的故事，很想知道这一条古老的道路上曾经发生过的历史及人文。安意如对诗词与对丝绸之路的喜爱是交织在一起的。她说，王维的很多诗都是描写西域的，他们都有在外从军的经历，而当年从西安走到西域，给了这些唐代重要诗人无比的创意和想象力。王志从西安出发，又到了一个特别的城市罗马，这两个地方遥相呼应，安意如说，读这部《西行三万里》，感受到的是强烈的东西方文明的交汇、碰撞。

行走与阅读在一起

谈及阅读和旅行的意义，安意如说，阅读的意义在于你能看到更深层的自己，可以通过阅读不同的知识去重塑自己。她喜欢阅读跟旅行完全融合在一起的形式。她认为的旅行是不带任何身份跟自我执着的旅行，不是作家为了“采个风”而进行的旅行。王志写的书就是这样的情况，就是她所欣赏的创作状态，也是她喜欢的阅读跟旅行完全融合在一起的形式。

王志则认为，旅行，有三个重要的东西，一个是体验，一个是求证，还有一个是幻想。第一是体验。是通过时空的交换，去体验，去感受当地的气候和风土人情，这个是书上读不到的。第二是求证。“我从书上看到很多的东西，好多东西我记不住，我走一遍那些地方，当地那些人物都像刀子一样刻在你的脑海里，而且我走过的 8 个国家 38 个城市，很多是我不熟悉的，但是通过走过这一遍以后，我会跟某一件事或者跟某一个人联系起来，这些城市你现在都可以考我，如果我先走过这条丝绸之路，我那时候高考地理可能还要多答几分呢，忘不掉的。”第三就是幻想。“那时候，你的思维非常活跃，每一个细胞仿佛都被激发起来了。”在写重走丝路之前，王志对很多地名不太熟悉，很多历史要了解，便进行了大量阅读。同时，更重要的，他有自己的梦想，因为王志对 28 年前作为穷学生走丝绸之路时的印象太深刻，如今的这趟旅行，就成为圆当年重走丝绸之路的梦想，而写书又成为给自己的一份礼物。这时行走、阅读和写作汇合在一起。王志说：“你曾经的经历和你的阅读在一定程度上构筑了你的精神世界。”

为了幸福而读书

书对于人类生活来说是不可或缺的东西，旅行给人直接经验，读书更多的是间接经验，但是，人所获得的人生经验和财富，有机会亲自去体验的毕竟是少数，很多是通过读书获得的。那么，几位嘉宾是如何选书的呢?

已经50岁的王志说，以前为了生存、为了工作等去读书，以至于工作后有段时间排斥读书。不过，他现在不仅爱读书而且还写书，就是因为读书最重要的是带给人幸福。王志为自己的兴趣而读书，随心所欲。他说:“我喜欢什么我就看什么，当然有一个条件是读好书，读经典的书。”王志认为，经典是大家公认的好书，比如《论语》、唐诗宋词等。对于如何找到好书，他说，你可以有不同的纬度找到好书，可以选择媒体推荐的，亲朋好友推荐的，也可以选择有声誉的出版社的书，但是更重要的是你自己愿意读的书。

袁腾飞推荐的则是关于丝绸之路的图书，瑞典著名探险家斯文·赫定的书、斯坦因的书，他说要看亲历者的书。而对于这一点，王志颇为认同，他说，自己出发走丝绸之路之前就把所有能找到的相关的书都翻看了，其中就有斯文·赫定、斯坦因以及马可·波罗的书，十分受启发，对理解行走非常有帮助。

（2016年1月15日《中国新闻出版广电报》）

实体书店回暖有“可持续性”

文 / 赵新乐

嘉宾： 国家新闻出版广电总局印刷发行司发行处副处长　安乐

中信出版集团上海公司总经理、中信书院院长　施宏俊

北京开卷信息技术有限公司总经理　蒋艳平

主持：《光明日报》记者　李苑

“最艰难的时候是 2012 年和 2013 年，如果说反弹，是从 2014 年开始的，增幅达到 3.26%，2015 年则是延续了 2014 的势头，增长 0.3%……”这是北京开卷信息技术有限公司总经理蒋艳平给出的近几年实体书店经营状况的数据。

在很多人看来，尽管 0.3% 的增长不是一个令人“惊艳”的数字，但却给业界吃了一颗定心丸，告别了几年前的下滑，实体书店终于迎来了冬去春来的时机。1 月 9 日上午，国家新闻出版广电总局印刷发行司发行处副处长安乐，中信出版集团上海公司总经理、中信书院院长施宏俊，北京

开卷信息技术有限公司总经理蒋艳平，在“红沙发”系列访谈现场，共同探讨实体书店的现状和未来。

回暖呈螺旋式上升

既然备受业界关注的实体书店实现了止跌回升，那么究竟是哪些原因促成了回暖，这种回暖又有哪些新特点呢?

蒋艳平认为，“2014 年之后，连续下跌让最先受到冲击的大城市书店回过神来，开始主动寻找出路。政府一再提倡文化大发展也使各种资本对实体书店进行关注，市场化资本的进入为书店经营带来全新的方法与理念，再有就是大家对待互联网的态度趋于冷静，书店转型成为生活方式的代表。”实体书店的回暖不是简单的回归，而是一种夹杂着变化的螺旋式上升。

蒋艳平说的这种变化有目共睹。中信出版集团上海公司总经理施宏俊就提到，在 2015 年，很多著名品牌都在往实体书店靠。单体书城在下降，但开在商业综合体里的中型书店却在往上升。“结合城市生活方式的书店数量在上升，这是很重要的信息，也是整个回暖的有力数据”。

“还有一点，现在创业的风潮也影响到了书店的管理机制，很多书店出现店长负责制，甚至以股权期权的方式来激励，这也大大调动了实体书店经营的积极性。从某种程度上说，这种螺旋式上升也是书店自身升级改造的结果。”蒋艳平补充道。

特色书店发展将成趋势

在国家新闻出版广电总局印刷发行司发行处副处长安乐看来，实体书店回暖不是朝夕之事，这种趋势是“可持续的”。

“有这样几方面原因：在国家的‘十三五’计划中，国民生产总值和人均收入要翻一番，而文化产业要成为支柱性产业将极大促进人们的文化消费；整个出版发行业的转型也将为实体书店的发展，尤其是特色品牌实体书店的发展提供机会，这也是未来的一个趋势；还有就是国家层面的高度重视，将实体书店提到前所未有的高度。”安乐说道。

中信出版集团打造的千店计划可以说就是特色品牌实体书店的一种。按照施宏俊的介绍，中信的千店计划是按照城市文化会客室设计书店。“我们不是一个单纯的书店 1.0 版往下开 1000 家书店，我们会结合城市文化氛围的营造，包括书香氛围的营造来想这个问题，也就是从阅读出发，考虑让这个城市的文化更浓一点，让我们的百姓、中产阶级可以阅读，可以在这个空间里面有很好的体验。”施宏俊表示，在这个基础之上，千店计划会有很多的合作者，比如在写字楼旁开书 + 咖啡馆，在银行营业厅开书 + 咖啡厅，与影院院线合作开书店等。“总之，未来的千店计划，不是简单的实体书店，将会是一个升级版。它会给我们营造一种书香的氛围，也能够推动全民阅读。”施宏俊这样说。

变身城市新型阅读空间

转型升级、创新提升或许是未来大家说的最多的话题。对于实体书店日后的发展来说，同样如此。

安乐表示，转型升级的重要性从实体书店的回暖增长就可以很明显地看出来。“之前出版发行业增长我们更多地关注出了多少书、形成了多少库存、有多少效益。在这轮增长之后，我们要从生态供应端，从产品、从服务入手去改革，要往更高层次上去领导转型。”在安乐看来，寻找新型的商业模式是未来实体书店要解决的关键问题。

“如果我们把出版拉到大的文化层面来看的话，我想还是能够看出我们的一些问题：到底要如何定位？商业模式在哪里？赢利模式如何转型？”施宏俊说道，一线城市将作为中信主攻的目标。“我们首先要做的是旗舰店，即从阅读出发来思考未来的生活方式，来思考中产阶层的生活方式。我们为他们提供书 + 非书的结合，除此之外，还会把中信书院的一些活动放到这个空间中去，为读者、用户服务。”

谈及未来实体书店的多种经营可能，安乐坦言，这很难预料，但能确定的是必然会“五花八门”。“我想以后的书店或许会向大众交流的空间发展，比如，有一些美术专业书店或者音乐专业书店，完全可以搞一些小型的画展、音乐展等。”安乐透露，国家对于实体书店更明确、更切实的政策扶持也会在不久的将来问世，这对于实体书店的发展来说必然非同凡响。

在蒋艳平看来，政策的扶持包括直接补贴以及直接减免税收等多项优惠措施，在实体书店最艰难的时候帮助其能够保存实力以继续发展。“而今后更多的业外资本的进入，也会让这个行业变得更好玩、更有趣。”安乐说道。

对此，施宏俊表示，在未来，中信也许会在千店的基础上做数据挖掘，做大数据的分析，做用户的服务，甚至跟中信的金融机构来合作，在这个基础上做一些消费信贷，也就是可能要往金融走，往更有商业价值的地方转。“我们的梦想是做成中国最大的连锁书店，与我们的产业链连接起来，突破以往单一的内容生产传播模式，实现有效落地，在内部形成闭环，而这些都需要不断创新。”施宏俊说道。

（2016 年 1 月 15 日《中国新闻出版广电报》）

CHAPTER FOUR

第四辑

曹文轩：不要赋予孩子绝对阅读权利

文 / 李婧璇

嘉宾：儿童文学作家、国际安徒生奖得主　曹文轩

主持：《光明日报》记者　李苑

“包头很干净，不乱，规划得很好，城市绿化让人印象深刻。”之前就来过包头的知名儿童文学作家曹文轩，谈及对这座城市的印象时表示：“这是一座很有现代感的城市。”一直很喜欢草原的曹文轩，其作品《火印》即是以张北的草原天路为背景展开的。目前，他正在构思另一部与内蒙古草原有关的作品。

首次以访谈嘉宾身份做客“红沙发”系列访谈的曹文轩，被现场小读者们的热情所感染，他围绕“如何看待中国儿童文学作品”“童年阅读时光”“儿童的阅读该如何引领”等话题娓娓道来。

不妄自菲薄，中国优秀作品具有世界水准

作为首位获得国际安徒生奖的中国作家，曹文轩始终坚持认为，“中国最优秀的儿童文学作品就是世界水准的儿童文学作品”。这是他10年前提出的论断，并且在公开场合反复强调，“对于这个判断，今天我当然更要坚持”。

在曹文轩看来，中国的儿童文学作品，无论是从题材的广泛性，还是形式的多样性，抑或是对于各个年龄层次读者群的覆盖面而言，其中最好的作品都可以进入世界上优秀作品的行列，“这点毫无疑问”。

“我们之所以有人得出‘中国儿童文学不如世界儿童文学’的论断，是在比较方法上犯了一个非常严重的错误。你把全世界最优秀的儿童文学作品堆在一起跟我们一个国家比，这个不科学、不公平。”他认为，若拿中国的儿童文学作品和另外的一个国家单比，“这个时候就会发现没有什么差距”。

对于中国当下的原创幻想作品，曹文轩认为，质量有待提高，“在我看来，文学性、艺术性很不够”。曹文轩曾在自己的幻想系列作品“大王书”的序言中，发表过这样的观点，即幻想必须放在文学的框架里来进行，“如果只有幻想，没有文学，这样的书肯定是不被看好的，而且我也相信这样的书是无法流传的。”在曹文轩看来，一本书能长久流传，恰恰说明它是一部地地道道的艺术品，具有很高的文学性。“只有文学性能够让作品长时间地存活，仅有幻想肯定是不够的。幻想文学的重心应该压在文学上，而不是幻想上，这是我根深蒂固的看法。”

曹文轩认为，孩子不仅要阅读幻想类作品，也要读写实类作品。只偏爱某一方面、某一领域的阅读，都是有缺憾的，是不完整、不完善、不完美的。“两种作品都要看，这点毫无疑问”。同时，曹文轩建议当下的年轻作家，“最好是从写实练起，然后再写幻想作品。我以为这样的一种方式才是可能、可靠的”。曹文轩始终坚持这样一个观点，即“对于一个作家而言，他的记忆能力远比幻想能力更重要、更有价值”，“想象力对于一个作家而言固然重要，但是记忆力更重要。而记忆力本身是另一种意义上的想象力”。

痴迷鲁迅作品，受其影响深远

“我肯定没有现在的小孩幸福，因为我们那个时候是图书非常匮乏的年代。”回忆起自己童年的阅读时光，曹文轩不无羡慕地说道：“我们那个时候的书只有几十种，有上百种就已经很不错了。所以我想今天的小孩应该感到幸福。”

与自己的同龄人相比，曹文轩无疑是幸运的。“好在我是一个小学校长的儿子，那个小学校有一些书，我的父亲也有几柜子书，所以肯定比村里其它孩子看的书要多，可是那也就几柜子的书。”曹文轩坦承，虽然那时候读的书非常少，但是阅读的质量还是很高的。

曹文轩至今仍记得，父亲的书柜里除了有几部中国古典名著之外，还有一套书就是鲁迅作品的单行本，有《呐喊》《彷徨》等等。“按理说，那时不是读鲁迅作品的年龄，因为没有什么书好看，所以只好看鲁迅的书。”等到念初中的时候，曹文轩对于鲁迅的作品已经相当痴迷，“甚至达到了疯狂的程度，鲁迅在很大程度上影响了我。”曹文轩如是说。

“很多朋友在看我作品的时候，也许能看到我和沈从文之间的关系，看不出我和鲁迅有什么关系。实际上，我受鲁迅的影响非常之大。”曹文轩举例说道，上世纪 80 年代中期，他提出“儿童文学作家是未来民族性格的塑造者”这一观点，就是深受鲁迅先生的影响。“鲁迅的作品对我的影响很大，如果不阅读他的作品，此时此刻我大概也不可能坐在这里。”他说。

书有高下之分，需要引领和监督

“今天这个时代是一个图书非常丰富的时代，但阅读质量怎么样？这是我表示怀疑的，而且是深刻地怀疑的。”作为一个有担当、有责任感的作家，曹文轩始终保持着警醒，“我曾经无数次地对家长说，对老师讲，不要看到你的学生、你的孩子读书就高兴，应该把他手里的书拿过来看一看，看他读的是什么书。”

在曹文轩看来，当下讲读不读书固然是一个重要的问题，但读什么书是一个更重要的问题。“有一些书，与其读，还不如让孩子看看天空的太阳和月亮，因为太阳和月亮也许能告诉他们更多、更深刻、更美好的道理。”曹文轩表示，生活在当今时代，单从阅读的数量而言，大概我们都超过了我们的先哲，如孔子、老子、孟子、庄子等，“但他们读了一本大书，这本大书就是天、地、人间，成为他们思想的发源地。如果他们不去读这本大书，就不可能成为中国的先哲，成为伟大的思想家。而时下的我们已经忘记去读这本大书了。”

曹文轩建议，家长们不要将孩子阅读的选择权利百分之百下放。“道理很简单，他们正在成长的过程中，其认知能力和审美判断能力，都需要老师和家长的引领、照料和监督，这是毫无疑问的。”近年来，每当遇到外国朋友，曹文轩都会做一个有关孩子阅读权利的调查，“问他们在其所在国家，孩子的图书选择权在哪里，百分之百的回答是在大人手里。由大人给孩子买书，或者说建议孩子看什么书。”

对于当下的孩子该读哪些书？曹文轩并没有单独开列一份书单，而是推荐了由民进中央副主席朱永新创建的新阅读研究所推出的基础阅读书目。他说：“在我看来，这是一份比较可靠的书单，是我目前看到的比较认可的书单，分为幼儿园、小学、初中、高中、大学各个阶段。虽然难免有遗珠之憾，但至少没有鱼龙混杂。”

（2016年8月5日《中国新闻出版广电报》）

80 年新华书店，开启至美模式

文 / 王勤

嘉宾： 中国新华书店协会副理事长、秘书长　张雅山

时代新媒体出版社副社长　孙立

主持：《工人日报》记者　苏墨

明年新华书店将迎来 80 华诞。遥想 1937 年 4 月，新华书店成立于延安清凉山上，走过 80 年的风雨岁月，如今的新华书店在全国乃至海外拥有上千家网点。回顾过往，新华书店留给读者怎样的精神财富？放眼当下，新华书店又进行着怎样的创新？7 月 28 日下午，中国新华书店协会副理事长、秘书长张雅山和时代新媒体出版社副社长孙立一同做客“红沙发”系列访谈，畅谈新华书店 80 年风雨兼程路。

一种基因　贯穿发展 80 年

作为中国共产党创办的红色文化企业——新华书店从成立之初就肩负着

革命重任。回顾新华书店的红色发展史，张雅山在访谈现场打开了话匣子。“在整个战争时期、建设时期、改革开放时期，新华书店为国家发展、为社会读者的阅读环境以及多层次文化需求的满足，尽到了自己的绵薄之力。”

战争时期，面对一张张求知若渴的面孔，新华书店人一次次突破封锁线，将书从一个根据地转往另一个根据地。每一次的历练造就了新华书店人的传统——自我牺牲和艰苦创业的精神。“我们希望新一代新华书店人将这种精神传递下去，为民众服务，为读者服务。”作为新华书店人的一份子，张雅山的话慷慨激昂。

而今，这种红色精神如同新华书店的遗传基因，一代代传递到每一个新华书店人的血液中。他们不断壮大发行队伍、优化网店服务、创新服务模式，不断满足读者日益增多的阅读需求，新华书店正开启着属于自己的至美模式。

“新华书店一般都是大型综合国有书店，立店目标之一就是满足社会各阶层读者的需要。伴随着社会的发展及个性化需求不断增加，新华书店也在不断改进，力争做最美书店。我们新华书店把最美书店定义为‘最美形象、最美服务、最美员工、最美陈列’。‘四个最美’的有机整合，代表着新华书店的未来。”张雅山说道。

近七八年来，新华书店的店堂改造异常迅猛。深圳书城、江苏凤凰书城等大型书城，均成了当地的文化地标。从读者需求出发，来设计店堂的陈列规模、服务方式、服务功能及服务的发展方向，这样的理念为新华书店迎来了新一轮的发展期。

以果戈里书店为例，张雅山介绍，它将俄罗斯风情和东方文化进行了有机结合，把阅读、体验、艺术需求、社会交流的功能都集中在一个场所，形成了一个真正的文化交流的核心。

两种影像　书写新华情

值得期待的是，即将迎来80华诞的新华书店，将推出一系列的活动。其中两个活动备受读者关注。

在访谈现场，张雅山透露，新华书店将与河北出版传媒集团等共同合作，拍摄一部大型历史文献纪录片《新华书店》。纪录片反映的是，新华书店从最初建立时只有5位老红军，跟随党的足迹、解放大军的足迹、改革开放的足迹，从一个在窑洞里创办的书店，发展到枝繁叶茂，形成了今天的规模。“这是新华书店走过的光辉历程，这一纪录片将对新华书店的新华精神和发展宗旨进行全面展现。”张雅山介绍。

此外，新华书店还将联合时代出版传媒股份有限公司，借助视频和文字资料，将最美书店、新华人和新华情，以口述的方式呈现给读者。

时代新媒体出版社作为这一项目的技术支持，副社长孙立向与会者介绍了双方合作的初衷。双方展开这样一次合作，目的是让14余万新华书店员工，将这80年的发展历程中发生的经典故事流传下来，将这段历史记载下来，从而被更多的人所传承。

“我们希望在80年庆典的时候，借助这两大活动把新华书店的历史、新华书店人的风采、新华书店人的追求，进行充分展现，从而对社会和读者做出承诺，督促我们把工作做得更好，为读者提供最贴心的服务。”张雅山如是说。

N 种创新　顺应阅读潮流

经营电子阅读器、电商平台，运营读者俱乐部，开展读书朗诵会……如今的新华书店绝不仅仅是经营纸质出版物，还在经营一种新颖的阅读方式。店堂经营作为传统项目，一方面，在为读者提供面对面交流的场所；另一方面，则已经开始尝试提供其他阅读体验。张雅山介绍，每个省的新华书店集团，都有自己的电商平台和门户网站。四川新华文轩、江苏凤凰等在全国图书电商平台中就很有影响力；河南云书网不仅做线上线下的互动，还配备了近千辆汽车，把购书配送系统下沉到每个村庄，满足农村读者网购图书派送到位的需求。

对于新华书店顺应当下阅读潮流的新做法，孙立拍手称赞。他讲道，随着新技术的变化，全民阅读的概念也在不断延伸。

“我觉得在移动互联网飞速发展的时代，我们一定要跟上形势，不论碎片化阅读，还是深度阅读，都应该大力普及。”孙立的话引发了在场听众的阵阵掌声。

（2016 年 8 月 5 日《中国新闻出版广电报》）

人生因阅读开启更多可能

文 / 王勤

嘉宾： 中国社会科学院世界宗教研究所研究员　赵法生

内蒙古藏书家协会常务理事、包头市图书馆理事会副理事长、《包商时报》编辑　冯传友

主持： 包头广播电视台主持人　程静柳

"我获过很多奖，但是'读书人物'这个奖是我最看重的。这个奖对我是种鼓励，对我今后的生活也产生着巨大的启发。"7 月 28 日下午，参加"红沙发"系列访谈时，中国社科院世界宗教研究所研究员赵法生如此开场。当天作为全民阅读的代表，他与其余 9 位读者一同获得了"全国十大读书人物"的殊荣。

为了让更多的人热爱阅读，"红沙发"系列访谈邀请到了来自此次书博会举办地的两位获奖者——赵法生和内蒙古藏书家协会常务理事、包头市图书馆理事会副理事长、《包商时报》编辑冯传友，和与会者分享读书

心得、品味读书人生。

独乐乐不如众乐乐

“我在几十年的人生中获过很多奖，但没想到读书还能获奖。平时我喜欢将喜爱的书分享给大家，今天能获得‘全国十大读书人物’，我挺意外，也挺激动。”冯传友的获奖感言同样质朴。作为“全国十大读书人物”，无一例外的是，他们都爱书，喜欢荐书。

国学文化推广者赵法生上过中央电视台《新闻联播》节目，他义务到孔子故里普及乡村国学文化教育，探索出一条传统文化对现代社会风气的改良之路。谈起坚持国学文化推广的初衷，赵法生说：“近 30 年来，农村的物质生活条件变化很大，农村的文化生活条件也应该有很大的改善。但是，如今越来越多的读书人离开乡村，这就是我们为什么要在农村做乡村儒学实验，把文化再次传播到乡村领域的原因。”4 年时间，凡是赵法生走过的乡村，家风变了，村风变了，国学文化教育的效果远超出了预期。

“通过这 4 年的乡村儒学教育，我对中国人道德建设重拾信心。当然这个信心的前提是需要实打实地做，需要有人唤醒，把乡村文化重新建立起来，让乡村变成‘文化绿洲’。”

在乡村推广国学文化起了作用，那么向年轻人推荐国学书籍有什么心得呢？赵法生和与会者分享了三个办法：第一，过语言关。了解文言文的用法和写作特点；第二，多背经典。即使开始并不太懂，但当年龄见长时会慢慢领悟到其中的智慧和真谛，“这叫童子功”，同样也是传统私塾教育的精髓所在；第三，多读通俗国学读物。“我们正在和北京大学、清华大学、中国社科院的很多学者共同推荐大众儒学方面的图书，就是用来解决年轻人读国学书籍的问题。”赵法生说道。

读书开启不同人生

做过 7 年兼职电台文学节目主持人、3 年地方文化节目主编的冯传友，回忆起当年当售货员的经历，感叹是读书改变了他的人生。“我高中毕业后，没有正式工作，被招收到一家单位当售货员，卖酱油和臭豆腐，一天一块钱的工资。虽然那时喜欢看书，但万万没想到读书把我的工作改变了。”

从售货员到踏上写作之路，冯传友职业生涯的改变缘于一次演讲。1976 年元旦，冯传友刚工作仅几个月时间，就被评为“先进工作者”，需要上台介绍经验。当时《人民日报》刚发表毛泽东的两首诗——《重上井冈山》和《鸟儿问答》。于是，他在发言中以这两首诗为例，边背诵边解释，遇到典故就说明出处，精彩的演讲引来掌声不断，这次表现让领导和同事们看到了冯传友的才华。“于是我就离开了卖酱油和臭豆腐的岗位。后来到了企业，当过秘书，做过经理、书记，接着又去电台当主持人。是读书一步步改变了我的命运，如果肚里没有几本书，这是不可能实现的。”

对于自己的读书人生，冯传友的感触是：“书中不但有人生需要的一切知识，更有人生的信仰和精神力量。人生失意时要读书，人生得意时更要读书。”

访谈现场，赵法生也谈起了他的读书经历。“农村是不养闲人的，开始时我妈妈对我读书意见很大，觉得看闲书没出息。但是一个比我年龄稍长的姑姑劝慰我妈妈说，书里有很多人生经验很管用，从此后我看书时就很少挨骂了。”

上了大学后，赵法生一下进入了书的海洋，对阅读的渴望得到了满足。大学四年，他读了很多书，这些书成为他一生中最大的财富。“一个人只有在书籍中与古人的思想和智慧沟通交流并产生收获，才是人生最幸福的时候。”赵法生说。

读屏不如多读书

“我感到人生时间有限，读书时间也很有限，我们要把人生最佳的时间用在读书上，而不是读屏上。”赵法生认为，读屏和读书有三大差异：首先，图书中的知识都是系统的，而微信等快速阅读中所有的知识都是即时性、碎片化的。所以赵法生认为，读书的最高境界是读经典图书。“哪怕你开始并不懂，也要把它读完，变成自己的‘血肉’。”其次，即便不是经典图书，读书也比花大量时间在手机上要强。再次，通过读不同的图书，再伴随做笔记，就构成了一个积累和学习的过程。“通过读书积累的知识会越来越多，精神财富也越来越多。而刷微信时，读者会淹没在讯息中，完全丧失自我，更谈不上创造力。”为此，赵法生给朋友们的建议是，尽量减少读屏时间，多读经典图书。

冯传友也有同样观点：“今天阅读的条件好了，可读的书非常多，同时我也在电脑上和手机上阅读，但我在读屏时更多的还是浏览信息。要看经典内容时，我还是会选择纸质图书。”

访谈最后，赵法生给大家的建议是，“把读书作为我们生活的一部分。”他不但建议大家这样做，也在身体力行着自己信奉的箴言。

（2016 年 8 月 5 日《中国新闻出版广电报》）

多元文化助推阅读新风尚

文 / 张雪娇

嘉宾： 作家　杨挺

包头师范学院教授　张伟

主持： 包头广播电视台主持人　程静柳

对于一座城市来说，应以历史为脉、文化为魂，有了文化，这座城市才有精气神。

7 月 29 日，作家杨挺、包头师范学院教授张伟来到了全民阅读“红沙发”系列访谈现场，就包头的文化融合与传承和现场读者展开了深入交流，并指出在多元文化的带动下，包头自发组织的民间读书会越来越多，人们对读书的渴望，将带动全民阅读的推广工作。

书博会点燃文化激情

在杨挺看来，包头是一座典型的移民城市，从古至今经历了数次大规模的迁徙，从而造就了丰富多彩、各具特色的多元移民文化。

正是在多元文化背景下，当前包头市已经拥有各类读书会 300 多个，这些蓬勃兴起的民间阅读组织，用自己的实际行动向全社会倡导全民阅读，为营造“书香鹿城”发挥着积极的作用。在“全民阅读”理念的倡导下，包头市参与阅读的人群不断增加，各类别具特色的书友会也如雨后春笋般不断涌现。让很多爱读书的“读书人”积极地办起了读书会，碰撞思想，以书会友。

“近年来包头自发组织的民间读书会越来越多，这也表示在经济发展到一定阶段后，文化需求开始旺盛。”张伟说道。

此次书博会来到包头，让人感受到，传统草原文化与当代图书文化的充分融合，现代工业文明与绿色生态文明的相得益彰，华夏多彩生活与地方民族特色的相映生辉，也令人清晰地看到草原儿女不断增长的文化自觉与文化自信。

杨挺说，文化其实就是生存环境造就的生活习俗和审美标准。包头作为一座年轻的城市，它的文化是包容的、多元的。本次借助书博会迎来各方宾客，包头的文化激情已经被这次书博会再次点燃。

文化是城市发展的活力源泉，一座新兴之城必将依托文化、回报文化。在第 26 届书博会的品牌影响下，包头市不断拓展活动形式，发挥品牌效应，推动阅读活动向纵深延伸，已经为推进全民阅读形成了文明的新风尚。

读书会搭建文化交流桥梁

一座文明的城市，必定是读书人的城市。“包头这座城市的书香建设，与它的历史和文化是分不开的。”杨挺说道。

在第26届书博会期间，余秋雨、蔡志忠、曹文轩等多位文化界名人来到包头，通过讲座等活动，与广大读者进行了亲密接触。在一场场对话中，让众多文化名人更加关注包头的文化与历史。

杨挺和张伟都是80年代初期来到包头，在这里经历了学习和成长，可以说，两人共同见证了近年来包头文化的形成与传播。其实包头的历史，最早可上溯到远古时代，原始人在这里留下了人类文明。

在杨挺看来，无论是从清代开始大量走西口人的到来，形成了蒙汉交融的西口文化；还是新中国成立后，全国各地的人才支援包头建设，或是在新的历史时期形成了民族融合，又构建了多元的钢城文化，均为这座典型的移民城市赋予了开放包容的历史文化底蕴。

悠久的历史、深厚的文化、开放的性格……包头用一个个亮点，吸引着越来越多的文化名人来到这里，与广大读者共同探讨包头的文化与阅读。

面对当前社会上存在的一些文化泛娱乐化、浅阅读等现象，杨挺指出：“人是文化的载体，是文化的灵魂。包头文化要提升，必须注重人的因素。新时期，包头市应该在多元文化基础上，通过多组织阅读活动，大力推广全民阅读，为全民阅读创造条件。”

文化在融合中生机勃勃

包头给茅盾文学奖获得者周大新的第一印象是，城市建设得好，文化底蕴丰厚，在这个环境里特别适合读书、写作。

2016年，包头市将鹿城读书节与书博会进行有机结合，以“相约鹿城读书节 共享精彩书博会”为主题，组织开展了历时4个月的全民阅读活动，准备了阅读引导、阅读体验、阅读示范、阅读展示4大类1650项活动，为书博会营造了浓厚的书香氛围。

正如杨挺、张伟两人所说，一切成绩的取得与包头的多元文化息息相关。正因为新时代的钢城文化融合了草原文化、农耕文化、西口文化等，包头文化才有了更广阔的视野、更开阔的胸襟、更包容的气度。第26届书博会，虽然只有3天时间，但“逛书博、品书香”依然成了包头人最津津乐道的一件事，无论是在书博会现场，还是在朋友圈里，随处都可以感受到包头人对图书、对阅读的热情。

翻开包头的历史可以发现，不同的部族、不同的人物在这个舞台演出着有声有色的人生大戏。“正因为包头的文化是多元的，才会形成开放式、包容式的胸怀，而包头文化在历史的更迭和多民族文化的往来过程中，也融汇了历史的烽烟和外来的色彩，实现了原生文化和外来文化的交集和融合。”杨挺说道。

杨挺说，包头和深圳有相似之处，这两个城市都是由于多元文化汇聚到一起才有了勃勃生机。深圳，已经成为全球全民阅读典范城市，同样具有多元文化基因的包头，也理应在全民阅读方面有所建树。

张伟说，如今，随着包头经济的发展到了一定阶段，文化会自觉地走上前台。现在包头的文化需求正是旺盛之际，百姓的阅读新风尚已经形成。我们深信，一座热爱阅读的城市，定能拥有实现梦想的充沛力量。

（2016年8月5日《中国新闻出版广电报》）

纸质书传递更多文化情怀

文/张雪娇

嘉宾： 作家、茅盾文学奖得主　周大新

主持： 包头广播电视台主持人　程静柳

读者对周大新的名字耳熟能详，并不仅仅因为他的《湖光山色》获得了茅盾文学奖，还因为他一直关注社会现实问题。而将写作的目光投向官场、反腐，对于周大新来说还是第一次。

7 月 29 日，茅盾文学奖获得者周大新带着他的作品《曲终人在》来到了全民阅读“红沙发”系列访谈现场，与现场观众分享了写书的经历和体会，并为观众开出了书单。

让写作更真实

和时下流行的很多官场小说不同，《曲终人在》不津津乐道于为官的技术和官场的规则，更不讲厚黑和权术，而是讲当下的社会生态和官场生

态，讲做官和做人的关系，讲官场中的人性复杂。

《曲终人在》用 27 篇“采访记录”、一篇“讣告”、一则“消息”、三件锁在银行保险柜里的私人物品（一幅画、一篇曲谱、一封威胁信）刻画了“清河省省长欧阳万彤”的一生。

问及《曲终人在》的创作初衷以及写作手法时，周大新说：“我想为读者写一个真实的小说。”

为了小说更加真实，周大新先后采访了 20 多人，这样写出来比较真实，读者容易相信。“很多在官场任职的朋友看过这本书后，都表示写得比较真实，现实中也的确存在像欧阳万彤这样的官员。”

书单要传递真善美

活动当天，现场出现了感人的一幕，市民安女士一手抱着 7 个月大的小儿子，一手牵着 6 岁的大儿子专门来听访谈。因为她们家和周大新一样，有着特殊的军旅情节，大儿子喜欢军事，所以想请周老师给出建议。

周大新说：“小孩子现在应当认真读书，学有余力，可以让他涉猎军事书籍，父母可以引导孩子的兴趣，但不应设计职业方向。我很高兴，父母爱书，影响孩子爱书，未来在于孩子。”

许多文学爱好者和小朋友也来到了活动现场，面对读者提问：“您能否为我们开一个书单？有哪些适合孩子读的书？”周大新回答道：“对于推荐读书，要特别慎重，特别是对孩子们来说他们鉴别书好坏的能力还不够，所以我们责任重大。”

在周大新看来，向读者推荐书单，必须遵循两个原则：一是判断这本书是不是在传达爱，传达善良。“爱意是非常重要的，是一个人的主要动力和人生最终追求的目标。”二是判断这本书是否可以传达美。

按照以上标准，周大新向读者推荐了 4 本书：第一本是英国作家石黑一雄的《别让我走》，讲述了女孩成人后的困惑，建议高中以上的孩子读；第二本是白寿彝编著的《中国通史》，上起远古时代，下迄中华人民共和国成立，囊括了中国几千年历史发展中政治、经济、民族、军事、学术、文化等各个方面，全书共 12 卷 22 册，可以根据个人喜好找其中一卷或者一册来读；第三本是德国哲学家海德格尔的作品《存在与时间》，讲了关于怎么看待时间、看待人生的道理；第四本是专门为儿童推荐的《儿童百科全书》，让他们从小喜欢科学，可以了解各个门类普及的科学知识，培养儿童对科学的喜爱，这对他们有很大好处。

深阅读是一种精神享受

“电子书的出现无疑给纸质书籍带来了一定冲击，您怎么看纸质书的未来?”面对读者的提问，周大新表示，在未来市场上，纸质书将和电子书并驾齐驱，并且纸质书有着电子书无法比拟的优势，即能够传递更多情怀。

在美国，之前也出现了纸质书存在还是消亡的争辩。当时大家都以为随着电子书的普及，纸质书会慢慢消亡，可现状是，年轻人在读电子书的同时，也读纸质书，而且纸质书有回暖的迹象，销量又开始大起来了。“就是因为阅读纸质书的时候可以来回翻、寻找，方便读书过程中的思考。”周大新向读者解释道。

在周大新看来，纸质书更多代表了一种情怀。“你可以选择读电子书，也可以选择读纸质书，并且电子书阅读器可以装很多本书，然而对于文人来说，更重要的就是书香、墨香，纸质书能够带给我们精神上的快感，床头放一本书，家里摆一架书，那种感觉和电子书的感觉是完全不一样的。”

数字时代，让我们的阅读由难到易、由厚变薄、由慢变快、由连贯变跳跃。人们可以利用一切碎片化的时间来获取有效信息，阅读量在大大增加。“然而全民阅读时代，‘浅阅读’是远远不够的，若想要做到对人生、对社会、对大自然有一个系统的了解和认知，必须抽出一定时间，进行有效的深度阅读。”周大新说。

有人说阅读是分层的，分别为知识性阅读、理解性阅读、探索性阅读 3 个层次，阅读中触及的层面不同，代表着阅读的不同深度。

全民阅读的时代，碎片化的数字“浅阅读”之后，必定是理解性、探索性的深度阅读、精准阅读与创新阅读。

周大新指出了当前社会存在的一个普遍现象，这就是越来越多的人喜欢在手机上看一些信息和文章，网络已经成为人们了解外界的一个窗口，而阅读层次多停留在“浅阅读”。他提出：“我并不是反对大家在网上获取信息，但是不能把阅读时间都用在网络上，阅读不仅仅是对信息的获取，我们还要从中获取独立思考问题的能力。”

在周大新看来，深度阅读是一种精神享受，“我每每读到一本精彩的小说，就会立刻换到一个安静的地方，宁可推迟吃饭睡觉，也要争取读完，那份享受实在美好。”

（2016 年 8 月 5 日《中国新闻出版广电报》）

历史故事常讲常新

文 / 张雪娇

嘉宾：河南大学教授、《百家讲坛》主讲人　王立群

大象出版社社长　王刘纯

中原出版传媒集团副总裁　王守国

主持：包头广播电视台节目主持人　王永泽

7 月 29 日下午，“红沙发”系列访谈邀请了河南大学教授、《百家讲坛》主讲人王立群，大象出版社社长王刘纯，中原出版传媒集团副总裁王守国，共同为读者带来了一份历史大餐。

讲历史就是讲人物

10 年来，王立群一直在中央电视台《百家讲坛》担任主讲人，受到观众的喜爱。访谈现场，王立群带来了《文景之治》《为官之道》《千古一帝秦始皇》3 本新书与观众见面。

谈到《文景之治》，王立群说，这本书中详尽展现了汉文帝刘恒和汉景帝刘启两代明君，在大汉从衰弱向兴盛的过渡阶段，在经济、政治、文化、军事、外交等方面的卓越作为，描绘了“文景之治”下的国家繁荣、人民和乐的景象。同时，本书也是王立群在央视《百家讲坛》栏目所开讲座的配套作品，但图书比讲座更深刻、更翔实，是王立群在对《史记》《汉书》等经典史料精心研读基础上的最新力作。

“过去讲‘文景之治’，许多研究者都忽略了最高统治者的处事做派，是盛世或者是衰世的重要形成因素，我从这方面入手，补充了过去研究的不足。”王立群说。

在王立群看来，历史的核心是人物，人物的经历是故事。其实讲历史就是讲人物，讲人物就是讲故事。

学习历史方能知古鉴今

近些年，通俗历史的书籍非常流行，社会上也掀起了一股读史热。那么读史究竟有什么样的作用？在当今社会，怎样读史才能为我们所用？

人们都生活在现实、现世中，时时要面对和解决现实和现世的问题。所谓“述往事，思来者”，无论是国家还是个人，要有效地解决现实和现世的问题，其中一个重要途径就是要注意学习和借鉴历史经验。

写史书有一个条件，便是要对历史的看法非常准确。王立群谈道，别人讲“文景之治”会讲产生的社会背景和社会原因。但欠缺了一点，“文景之治”的核心人物就是文帝和景帝，不把最重要的两个人讲清楚，“文景之治”便说不清楚。每一个帝王的执政风格都不一样，每个领导者的执政风格和他的家风密切相关。正如《文景之治》中所讲的，当天上掉的馅饼砸到汉文帝头上时，中央政府接他来当皇帝，作为一个普通诸侯王，而且远在山西边地，突然接到命令到中央政府当皇帝，仍不敢马上上任，接到命令以后先落实有没有问题，这和他的家风是有关系的。因为当时他和他的母亲已经不受刘邦的待见了，这种情况下，这样家庭长大的孩子绝不会张狂，所以汉文帝一直很低调，当了皇帝以后仍然很谨慎。

写历史就是写人物，它有很多案例，这些东西摆在那里，略微思考一下读者就能明白很多道理。在王立群看来，《文景之治》讲了写书背后的故事，这就是他要详述文帝和景帝的重要原因。我们也从中明白了，应该用良好的家风，用无声的语言影响下一代。

历史常写常新、常讲常新

对于《千古一帝秦始皇》一书中的人物，无论是肯定或者批判，都会有人反对。在王立群看来，一切都是正常的。史学方面的书每个时期都会有人编写，因为每个时期对史学的理解不一样。历史常写常新，常讲常新。

正如王立群所说，之所以秦始皇去世 2000 多年后，我们还在谈论他，是因为只要有人类存在，人民对历史的认识是没有穷尽的，对历史的解读也是没有穷尽的。随着人们认识的深入，必然会导致对历史人物的评价有所不同。

当问及《千古一帝秦始皇》和之前的《秦始皇》有何区别时，王立群解释道，从书名、序到二级目录、引文等都做了修改，80% 的二级目录标题都和之前的书不一样，引文方面查阅了更多的史料记载，更准确。

王立群认为，历史能给我们提供认识自身的一面镜子。如果一个人有丰富的历史文化知识，对很多问题的看法就会比别人看得深。面对同一个问题，有着丰富历史知识的人往往能从一系列文章中快速找到最佳见解。

尽全力为读者奉献好书

王立群的读史心得除了通过讲座外，还通过图书被读者熟知。一本好书的出版除了要有好的作者以外，还需要有好的出版社。“当前大象出版社已经出版了 12 种 14 本《百家讲坛》系列和成语系列图书。”王刘纯说道。

王刘纯说，王立群的书在大象出版社主要有 3 个系列：第一个是读史系列，包括《千古一帝秦始皇》《文景之治》等；第二个是学术系列，是王立群在深入学习研究基础上，配合他的学术研究成果来进行对历史知识的普及；第三个是王立群的随笔。除了央视《百家讲坛》以外，王立群还参加了很多活动，比如成语大会、青歌赛等，为此，大象出版社还把王立群点评的心得、对社会观察的心得汇集成书。

如何让最好的作者联合最好的出版社，让大家去读一本好书呢？王守国说，我们每家出版社至少签订一名所在领域里的一流作者，希望作者能够为读者奉献一流的作品。

王守国说，中原出版传媒集团有 10 家出版社，希望每家出版社至少中长期奠定两个相对比较专业的出版方向，有了具竞争力的专业平台，便能形成自己的专业优势。

经过多年的努力，中原出版传媒集团在若干领域中已经形成了自己的一些特色，比如大象出版社，以王立群的著作为代表的作品兼具专业化与大众化。

“我们所做的一切，都是想让读者在有条件的情况下，多读些好书。”王刘纯和王守国共同表示。

（2016 年 8 月 5 日《中国新闻出版广电报》）

民间读书会：蓬勃兴起的阅读力量

文 / 王勤

嘉宾： 北京一起悦读俱乐部创始人　石恢

嘤鸣读书会会长　赵健

鹿城读书会会长　阎丽

主持： 包头广播电视台主持人　程静柳

影响人群超过 14 万，遍布海内外 13 个城市及地区，被联合国授予“2014 年联合国开发计划署年度特别奖”……这份闪亮的成绩单所描述的正是一家全民阅读推广公益组织——嘤鸣读书会。

近年来，随着全国全民阅读的深入开展，像嘤鸣读书会一样的阅读推广组织正在国内如雨后春笋般涌现。7 月 30 日上午，“红沙发”访谈现场邀请三位阅读推广人，和读者分享目前国内阅读推广的发展情况和前景。

星星之火，可以燎原

嘤鸣读书会会长赵健是一位典型的“90 后”。创办读书会时，他还是南京师范大学的一名学生。谈起创办嘤鸣读书会的由来，他自已都觉得很偶然，这缘于一次全国大学生图书馆的借书比赛。“当时我代表母校图书馆去领奖，我们学校图书馆是那年借书最多的。我突然意识到一个问题，原本以为大学生在图书馆中读书是非常正常的事情，事实上却并非如此。很多青年的阅读习惯并不好，没有持续、良好、独立的阅读习惯。于是我心生念头，想改变这一切。”

在这一想法的驱动下，赵健立刻开始动手。当他在图书馆的《诗经》中看到一句“嘤其鸣矣，等其友声”时，嘤鸣读书会的名字油然而生。从此，嘤鸣读书会如同星星之火一般，点燃了无数读书人的热情。“我们觉得读书会就是引导年轻人参与公共事务，尝试一种知行合一的生活方式。让更多青年人学会思考，同时发现问题，并且尝试用青年人的创意和独到的想法去解决问题。”

在赵健看来，读书是一种个人的行为，或者是一种自觉的行为，而读书会更多强调以书会友。嘤鸣读书会里更多强调的是三个关键词：读书、读人、读城，邀请更多年轻人在读书会的平台里一起阅读图书，阅读有趣的人，同时阅读脚下这座城市。他们所强调的是“大阅读”的概念。

鹿城读书会会长阎丽也有着相似的经历，她同样是因爱书而投身于阅读推广。“我本人经营瑞德书店 20 多年。阅读推广我们坚持了 23 年，瑞德读书俱乐部走过了十几年，后来借助鹿城读书会，通过线上线下做读书分享，进行文化交流。”阎丽介绍，鹿城读书会于 2015 年 8 月成立，虽然运行不到一年时间，但已经举办线上和线下 20 多场活动，本土作家诗文作品朗诵会、诗文与小提琴朗诵音乐会等活动内容都有涉及。诗文和音乐围绕一个主题互相映衬，互相诠释，再辅助现场表演艺术家深情的朗诵，在打动人心的同时，更带动了全民阅读。

形式再多样，仍需以书为核心

随着全民阅读的推广，民间读书会也如雨后春笋般不断涌现，他们也逐渐出现在媒体的聚光灯下。阎丽介绍，近年来，包头成立了许多读书会，如：妈妈读书会、夕阳红读书会、最美读书会等。读书会之间也经常进行互动，共同举办活动，对包头的阅读推广起到了很好的推动作用。

“上大学之间，我生活在江苏农村。我知道，即便是中国最偏远的乡村，也是非常重视阅读的。除了柴米油盐之外，我们还需要对心灵和价值的追求，这可以通过阅读的方式实现，读书会则是其中一种促进阅读习惯养成的方式。”赵健将自己的亲身体会分享给与会听众。

越来越多样化的阅读活动，让读书成为公众关注的话题的同时，也引起了社会各界的探讨与思考。赵健认为，虽然读书会的兴起是好事儿，但是也需要保持一定的审慎态度。形式可以多样，但读书会还是要尊重读书、还原读书本身。就像北京一起悦读俱乐部创始人石恢所说：“无论形式多么丰富多彩，不以‘读书’为核心内容的‘读书会’都不值得提倡。”

以书会友，从读书人到推广者

读书会除了读书，还有很重大的功能就是“会”。石恢认为，这个

“会”代表着相遇和相聚。在以书会友的前提下，相遇和相聚的功能是读书会的核心吸引力。让所有参与者对书本身产生兴趣，从而扩大自己的精神空间。

在访谈现场，赵健和大家分享了一个读书会里由读书人转变为阅读推广人的故事。一次偶然的机会，一位东方航空公司的空姐经朋友介绍参加了读书会，之后爱上了这里，经常带着同事们一起来参加读书会。可是因为工作原因，他们的生活并不规律，为了能够更多地参加读书会，他们在南京成立了属于自己的读书会分会。在航空公司，他们发起所有空姐、空少每个月读一本书的活动。最初凭兴趣来参加读书会，现在这位空姐已经变成了阅读推广的组织者。赵健介绍，读书会里这样的成员不胜枚举，由早期的听众、读者、参与者，变身为现在的阅读推广组织者，大家都非常有成就感。

石恢对此也非常赞成。他讲道，参加读书会不仅要自己读书，为了组织活动，还要对同类图书进行深度研究。同时读书会采用领读人轮换的方式，领读、总结、发言，让每一位参与者在参加读书会后，在读书的广度和深度上都有非常大的进步。

读书会不仅能会友，还能荐书。阎丽认为，读书会有两大作用：一是以书会友。将自己的读书心得在读书会上分享，不仅可以得到大家的指点，还能找到志同道合的朋友。二是分享。就本土作家而言，有时写了一本书后或许只能在一个小众的范围内传播，而借助读书会这个大平台，通过书友们的分享，可以让更多的人了解这本书、爱上这本书。“读书使自己心灵愉悦，快乐自己，快乐他人。”阎丽说。

不仅如此，鹿城读书会还通过进学校、进社区、进乡村、进企业、进军营、进书店和图书馆的“七进”活动，推广阅读，感染更多的人读书。“读书会每次举办活动都能收到许多美文，收获快乐和友谊，找到灵魂的归宿和精神的家园。”阎丽说。

（2016 年 8 月 5 日《中国新闻出版广电报》）

微信公众号：推广全民阅读新阵地

文 / 张雪娇

嘉宾：江苏省新闻出版广电局微信公众号“书香江苏”负责人　尚宇轩

中华书局市场部副主任　李忠良

主持：包头广播电视台主持人　王永泽

随着科技的进步和自媒体不断发展，当前，读书方式和获取与书籍相关知识和信息的渠道已经有了一些变化，微信公众号已经成为推广全民阅读的有效途径。7 月 30 日，“红沙发”访谈首次邀请了两家阅读微信公众号的负责人，一起与大家分享阅读微信公众号在推广全民阅读方面取得的经验。

覆盖热点 满足不同读者

7 月 22 日，首届“大众喜爱的 50 个阅读微信公众号”推荐活动结果揭晓，活动由中国新闻出版传媒集团联合中国全民阅读媒体联盟举办。

“北京阅读季”“国家图书馆”“书香江苏”“中华书局 1912”“读者”“北京大学出版社”等 50 个阅读微信公众号入选。

据了解，此次推荐活动社会参与热情高涨，超过 100 万人次参与网络投票，可以看出，大众对微信公众号非常重视。“书香江苏”负责人尚宇轩表示，在互联网时代，推广全民阅读，新媒体是重要的阵地。

“书香江苏”有着双重身份：一是江苏省新闻出版广电局的官方微信公众号；二是江苏省全民阅读活动领导小组办公室的微信公众号。在互联网时代，基于新媒体在传播方面的优势，其推广更有助于与读者达成共识、推进共识、营造氛围。

中华书局市场部副主任李忠良说，“中华书局 1912”的入选，是因为其紧抓自身特色与优势，用专业精神做好传统文化的传播者，在普及传统文化方面得到了大家认可。

李忠良认为，“中华书局 1912”已经成为了中华书局推广全民阅读的有效载体。中华书局立足于传统文化，服务社会大众，通过“中华书局 1912”已经实现了跨地域、跨年龄段的服务。“目前我们通过后台监测发现，欧美都有我们的粉丝，后台能看到汉语区、英语区，说明中华传统文化的力量在不断往外延伸，已经延伸到世界的各个角落。”微信公众号的内容基本覆盖了大众阅读热点，能够满足不同层次读者的阅读需求。同时，活动的成功举办，也说明了阅读微信公众号在推广全民阅读方面，起到了积极推广作用。

精准定位　实现有效推送

此次有 3000 多个阅读微信公众号参选，目前公众号已经非常多，那要如何运营好公众号，把有高价值的“干货”提供给读者呢？

在李忠良看来，想要被社会长期广泛认可，在设立之初，就得精准定位。中华书局是国内为数不多的有着百年历史的出版机构，在整理出版古籍和学术著作方面享有盛誉。“近年来国家大力提倡传统文化，所以‘中华书局 1912’的定位便是做最优秀的传统文化传播者。”李忠良说道。

与“中华书局 1912”定位不同的是，“书香江苏”是江苏省新闻出版广电局的官方微信，立足江苏，辐射全国。虽然范围更广、受众更多，但在推送文稿方面，精细化要求更高。尚宇轩说，公众号每天发三条：第一条多是重大的通知、公告，或者跟全民阅读工作相关的要求；第二条会发江苏各地读书人的消息、好书推荐，或是投稿；第三条发应景应时、接地气的文章。通过“书香江苏”不仅可以了解到江苏省推广全民阅读的工作进展情况，还可以了解江苏省相关行业的动态，同时还可以阅读到与人们息息相关的内容。

搭建平台　扩大社会影响

阅读微信公众号若想获得受众认可，必须进行专业化推广，做好分众服务。那么，阅读推广怎么专业化？尚宇轩说：“我们首先想到结合实体书店搞活动，把书店、出版社资源结合起来。”

尚宇轩说，每个月“书香江苏”都会发布上个月江苏省新华书店总店、先锋书店、大众书局、凤凰书城这四大系统的销售排行、畅销榜，包括数据分析。公众号刚刚发布了 7 月份数据，这些数据发布出来可以做销售的引领。

同样，在线下，“中华书局 1912”也组织了多场活动。李忠良介绍：“比如我们从全国选拔民间的社会组织和个人组织开展交流活动，共同加强推进全民阅读的民间力量，另外我们每月组织一期公益活动，邀请业内人士做传统文化的普及工作。”

在尚宇轩和李忠良看来，虽然阅读微信公众号已经成为流行趋势，也已在全民阅读推广中被赋予了重要使命，但是在推广阅读微信公众号方面，仍然有一些困惑亟待解决，比如盈利问题，再比如，在数字化时代，如何引导读者进行深度阅读等。

其实，在推广全民阅读方面，除了各新闻出版广电局、各出版社、各读书会等在运营阅读微信公众号之外，还有很多工作室或个人在运营与阅读相关的微信公众号，共同为推广全民阅读而努力。

（2016 年 8 月 5 日《中国新闻出版广电报》）

文学期刊：好作品一定是时代的“梳妆镜”

文 / 赵新乐

嘉宾：《收获》副主编　钟红明

《花城》总编辑　朱燕玲

《十月》副主编　宁肯

主持：湖北广播电视台经济频道《悦读》栏目主持人　栾颖

在中国文学期刊界，《收获》《十月》《花城》《当代》曾被并称为“四大名旦”。很多经典文学作品就是通过这些期刊走进人们的视野并被广泛流传直至历史铭记。

在2016中国（武汉）期刊交易博览会上，《收获》副主编钟红明、《十月》副主编宁肯以及《花城》总编辑朱燕玲做客“红沙发”系列访谈，就“文学精品如何打造”的话题与观众进行了交流。

好作品要贴近现实

写作容易，写出精品不易。在浩如烟海的文学作品中，究竟什么样的作品才是主编们眼中的文学“精品”？

创刊于1978年的《十月》因其贴近现实、贴近时代的特色被誉为能文能武的“刀马旦”，很多国内知名作家的作品都曾在《十月》上首发。

在宁肯看来，好的作品首先应该贴近现实、贴近时代，能够反映我们所处的这个时代中人与时代的关系、人与现实的关系，能够反映出各种时代大潮之下人的生存状态、人的命运以及内心世界，这些是好作品的基础。在此之上，比如具体的写法、人物塑造以及故事编排和语言能够达到优美、流畅和准确，这是从文学的角度理解什么是好作品。同时，“人人心中有，个个笔下无”的洞察力也是产生好作品的重要因素。

好作品要能表达灵魂

作为先锋期刊，《花城》对于作品的包容性更强，除了基本的标准之外，对于文章在写法上的接受度更大。朱燕玲认为，文学作品关注的“现实”可以有更多的拓展。比如，背景不一定是当代，也可以是某个朝代，只要作品反映的内容能够让当代人产生共鸣，关注了一种永恒的东西，也是一种关注。

《收获》在前些年曾总结了刊物一贯的编辑方针和宗旨，其中深深地烙刻着上海的影子——海纳百川。也就是说，在他们看来，文学是没有边界的，没有藩篱的，文学要有包容度，并不拒绝某一种风格、某一种流派，而是在各种流派之中要选取最好的、最具代表性的。

“优秀的文学作品，当独立地把其发掘出来时，你会发现它代表了人类所处的某种普遍的困境或者人性的深度。”钟红明认为，文学的精品就是我们内心当中一直不变的一种追求，也是一种不变的寻找。一个优秀的作品，是能够表达人类灵魂的东西，能够让人读后有痛感、有喜悦的作品。这种作品超越了具体的题材、具体的时代，并且会一直存在，时间会证明它存在的价值。

“当然，文学是比较特殊的领域，无法通过临时动员的方式来达到一个整体的效果，我们更重要的是提供一种宽松的环境，更自由的环境，让大家能够各自发挥个人所长。”朱燕玲这样认为。

好作品要与时俱进

在有互联网之前，作者要登上文坛崭露头角，期刊还是一个必过的门槛。但随着时代变化，互联网的诞生改变了这一切。与此同时，一代一代读者在变迁，一代一代写作者在变迁，一代一代编辑在变迁，文学期刊就在这样的过程当中不断焕发它的生命力。在期刊遭遇挑战的当下，文学期刊又将如何面对自己的未来？

“《收获》并不提倡所谓文学的口号，我们的态度就在我们的作品上，每一个时代的变化其实都在我们的作品中有很多表现。”钟红明说，《收获》希望用自己内在的文学品位发挥在作者和读者之间架起展示平台的作用。

为了能够使期刊功能实现转变，从最初比较单纯的展示到真正成为一个交流的平台，《花城》依托花城出版社近些年做了一个多媒体融合平台项目，通过固有的优质资源可以衍生出更多的其他形式的作品。在交流之外，同时更加重视互动的功能，让读者、作者、编者能够实现顺畅的交流对话。朱燕玲说，文学面对着非常嘈杂的市场，业界要有定力，要用比较平和的心态，以一种公益之心来做文学。

与朱燕玲的观点相同，在钟红明看来，即使百年老店也会遇到非常强烈的挑战，但是期刊人要有自己的定力。而《收获》则牢牢抓住了当下最火热的“IP”，与“赞赏”IP平台共同开发的写作出版社区“行距”客户端将成为期刊发现优秀作品并形成剧本工程的重要手段，许多项目已经开始进入影视筹划拍摄阶段。“文学是很多样式的样本和灵魂，《收获》利用自己对优秀作品的近距离接触，价值不仅仅局限于刊发在期刊上，而是挖掘到对人类有影响力的杰作。”钟红明说道。

“无论时代怎么变化，要坚持自己的办刊方针，坚持过去已经取得的经验，这是毫无疑问的。另外，我们要做一些文学的拓展，因为时代毕竟在变化，一本文学期刊可以通过不同的方式展示自己，延伸自己。”宁肯说道。

（2016年9月27日《中国新闻出版广电报》）

CHAPTER FIVE

第五辑

既不妄自尊大　也别妄自菲薄

文 / 赵新乐

嘉宾： 上海故事会文化传媒有限公司董事长、总经理，上海文化出版社社长冯杰

《看历史》总编辑　苑海辰

主持： 湖北广播电视台经济频道《悦读》栏目主持人　栾颖

老牌期刊《故事会》如何焕发新活力？以历史为切入点的新闻期刊《看历史》又在经历怎样的变革？ 9 月 23 日，在 2016 刊博会“红沙发”系列访谈有关期刊行业的价值挖掘与再造交流中，两位期刊界的风云人物——上海故事会文化传媒有限公司董事长、总经理，上海文化出版社社长冯杰和《看历史》总编辑苑海辰从自家期刊讲起，开始了一场精彩的思想碰撞。

仅靠内部资源难以化解困境

从发行最高峰 760 万册，到现在仅有 80 万册，冯杰亲身经历了《故

事会》的巨大落差。苑海辰说，和一些同行交流时，大家都觉得很苦闷，以前是好日子，可能现在要过紧日子，也可能未来是苦日子。所以，期刊要转型。但转型前，冯杰和苑海辰提出，必须要弄明白日子过得不好究竟症结在哪儿，如此才能对症下药。

在苑海辰看来，以前传统媒体，包括报纸、期刊、电视、广播，是一种精英传播的模式。所谓精英传播就是单向的。现在传播的手段带来了无限的可能性，由单向的精英传播模式变成了双向、多维、大众的传播模式。“我们要把市场的逻辑搞清楚，这才是现在传统媒体人需要认真思考的问题。”苑海辰如此表示。

“大众期刊出版目前正遭遇一个节点，很难通过自身去化解困境。”这是冯杰在多个场合都表达过的观点。在他看来，信息传播技术的飞速发展，改变了读者的阅读习惯、阅读兴趣和阅读爱好。以前出版是编、印、发、广告，这样就可以挣钱，这是一个闭环，通过不断循环不断创造价值。但是，现在这个闭环出现了断裂，通过编、印、发、广告挣不了钱了，闭环上出现了豁口。这个豁口主要是外部的情况发生了变化，是技术带来的变化。冯杰认为，面对未来发展的困难，必须通过与外部资源的融合、跨媒体的融合、跨行业的融合，关键是与资本的融合的方式，来解决传统媒体转型升级的需要。

转型不能背弃内容

明白了市场的逻辑，就要调整好心态去应对。“从市场的角度，或者是从时代的交替角度来讲，狼永远都是一波一波来的。你现在喊狼来了，但是当年你也曾经是狼。”苑海辰提到的心态调整问题，冯杰也很赞同。

他认为，技术的发展并不可怕，水能载舟，亦能覆舟，关键不在水，关键在人对水的利用。认为载舟就一定可以利用它，认为会覆舟就一定会回避它。

或许现在对于传统纸媒来讲是一个最坏的时代，但苑海辰却说，现在对于传统纸媒人来说则是一个最好的时代，因为他们并不是靠纸媒吃饭，而是靠传递不同的思维吃饭。精英思维、精英传播的方式落后于现在的传播方式，但是精英思维和精英思想一定是具有很大价值的，我们现在要解决的问题无非是怎么适应新的工具带来的变化。

如果说传统媒体人过去有妄自尊大的心态，现在却有不少人又开始妄自菲薄。冯杰认为，这完全没有必要。技术是代际超越的，一代技术被另一代技术部分覆盖或者全部覆盖，那上一代技术所对应的产业就会部分或者全部被淘汰。相反，文化是讲代际传承的，文化的发展和传承是不断丰富和不断充实的过程。拥有文化属性的产品或服务，相对不具有文化属性的产品或者服务的生命周期来得更长。因此，冯杰提醒，在转型过程中千万不能背弃内容，盲目地追逐技术很容易迷失方向。

苑海辰对于内容和技术关系的比喻很形象：“传统媒体有一些魂不附体，它的形式不是太好，别人不认识；但是新媒体有些失魂落魄，形式很好，但是没有魂。在这种情况下，内容和技术或者内容对技术、对资本的需求、渴望和资本、技术对内容的渴望是一样的。”

联合资本深挖品牌价值

传统出版的转型、升级究竟是什么？冯杰的观点是，转型应该是从单纯的出版产业向新兴内容产业转型，出版变成了获取版权的手段之一，而不是全部。升级则应该是从产品经营向版权经营进行升级。在这个过程当中，内容 + 资本 + 技术应该是三驾马车驱动，而不仅仅是内容驱动。

冯杰把这个想法实践应用到了《故事会》的转型升级中，于是有了《故事会》的子刊《漫画会》。冯杰给《漫画会》定位为做原创动漫版权的跨媒体运营平台，关键词是原创、跨媒体、资本。

在苑海辰看来，包括《看历史》在内的名刊，转型过程中更有意义的是它的品牌价值和多年积累的读者资源，要用这种资源去开发新的产业。据他介绍，《看历史》正在考虑把这些资源从新的角度进行转化，而不只是单纯做内容。比如地图目前仅仅只有实用功能，假如把历史加进去，把地图平面空间加入时空的感觉，那能够赋予它的东西就会很多。而要想实现这些基于品牌的挖掘，苑海辰也赞同冯杰的观点，需要寻求资本的帮助和资本联合。而且，传统出版进入资本市场还会带来许多好处。冯杰进一步分析道：一是可以减少转型过程中的风险，因为成熟的资本市场对未来不确定风险的防御能力是大大强过传统出版企业的。二是通过资本可以让传统出版积极参与社会资源的再分配，不用再去孵化，而是通过投资、兼并、重组对未来进行布局。三是可以提高传统出版的估值。四是可以在现代企业管理、现代法人治理结构方面更加完善。

（2016 年 9 月 27 日《中国新闻出版广电报》）

少儿报刊是孩子最不可替代的“营养”

文 / 刘蓓蓓

嘉宾：中国少年儿童新闻出版总社社长　李学谦
中国青少年研究中心首席专家、研究员、教育专家孙云晓
武汉市武昌区教育局小教科科长　王娟
主持：湖北省作协副主席　董宏猷

王毅　摄

少儿报刊会给孩子的一生带来怎样的影响？少儿报刊出版现状如何？怎样进行少儿报刊的阅读推广……9月24日上午，在2016年刊博会“红沙发”系列访谈现场，以“我的报刊我的童年”为主题，在儿童文学作家董宏猷的主持下，中国少年儿童新闻出版总社社长李学谦，中国青少年研究中心首席专家孙云晓，湖北省武汉市武昌区教育局小教科科长、蒲公英悦读小镇发起人王娟就上述问题分享了自己的想法和建议。

陪伴是少儿报刊最大魅力

“李社长，谢谢你，我是读着《中国少年报》长大的。”这是在2011年《中国少年报》创刊60周年活动上，一位白发苍苍的老者对李学谦说的一句话。当这位老者像亲人一样握住李学谦的手时，他明白，“他们不是感谢我，而是感谢陪伴他们成长的报纸”。但从来没有人跟他说过，李社长我是读着哪一本书长大的。这就是报刊与其他阅读载体的不同之处。

在李学谦看来，少儿报刊由于是连续性出版物，它的陪伴性非常强，可以陪伴一个人在一定年龄阶段的成长和发展，然后通过对这份报刊的持续关注，挖掘培养出某一个兴趣来。这个兴趣引导孩子发展自己的特长，这个特长如果再进一步发展会成为自己的专业。“如果这样建立起一个职业轨迹，我觉得这对一个孩子来说会非常幸福。”李学谦如此表示。

“我与少儿报刊有奇缘。”孙云晓的故事，完全印证了李学谦的说法。上世纪70年代，17岁的孙云晓在尘封多年的图书馆故纸堆中发现了布满灰尘的《儿童文学》时，他惊喜地在屋子里看了一本又一本。1978年他回到北京面临团中央机关和《中国少年报》两个工作选择时，他毫不犹豫地选了后者。“读了《儿童文学》后，我就喜欢上了儿童文学，所以做出了这样的选择。”孙云晓在《中国少年报》工作了9年，这9年使他成为儿童文学作家、教育研究者。

对于少儿报刊作为连续性出版物的特殊魅力，孙云晓还有理论作为支撑。他曾经主持研究了教育部关于少年儿童行为习惯的国家课题。分析显示，当一个人的行为或者动作持续21天，就可能初步养成习惯；如果这个动作和行为持续 90 天以上，就可能养成稳定、成熟的习惯。孙云晓说，少儿报刊是一期接一期、一年接一年地出版，这种日积月累最有助于养成阅读的习惯。而他觉得养成阅读的习惯，等于在人的心里装了一台成长的发动机，终身受益。此外，孩子长大的过程是一个由自然人变成社会人的过程，出于社会化的需要，孩子要看报刊，要关注国内外的事情、社会、群体和人生，这样会非常有助于他们社会化的提高。另外对孩子确立现代的理念、平等意识、国际意识也会帮助很大。因此，孙云晓认为，从社会性、现代性和习惯养成这 3 个角度来看，少儿报刊都是最不可替代的“营养”。

少儿报刊互动性很强，李学谦认为，这是少儿报刊优于少儿图书的另一个特点。每种报刊都会举办很多活动，还有读者往来的栏目，和读者交流起来很方便。报刊往往还会按照年龄段来定位栏目，在一本刊物里小读者总会找到自己喜欢的作品。

在互联网时代，孙云晓认为，少儿报刊的作用更加不可替代。因为未成年人辨别能力比较低，网络则像个杂货店，真假难辨，色情、暴力很容易让孩子中毒。少儿报刊是由强大的团队精心编辑的，相对来说是精品。“你是要给孩子精品还是杂品？”孙云晓如此反问，答案自然不言而喻。

少儿报刊仍将稳定发展

在今年刊博会期间，中少总社的《婴儿画报》《幼儿画报》成功输出美国，实现了我国少儿期刊走出去零的突破。互联网时代，报刊生存如此艰难的今天，少儿类报刊却能够走出国门，这无疑令业界振奋。在同时身兼中国出版协会少儿读物工作委员会主任一职的李学谦看来，事实上，与其他大众报刊相比，少儿报刊的确受到新媒体的冲击更小些，有的甚至还逆势上扬。新闻出版产业报告也显示，2015 年，平均期印数超过百万册的前 10 名期刊中，《读者》《小学生时代》《知音漫客》《青年文摘》等文摘类、少儿类期刊超过半数。

相较于成人类、时尚类和科技类期刊，少儿期刊之所以受新媒体的冲击、影响相对较小，李学谦认为，这和儿童阅读的特点有关系。虽然现在可以通过互联网获取资讯、进行娱乐，但是对于严肃阅读来说，更多的家长和老师还是希望孩子们选择纸质媒体。因此，少儿纸质出版物出版、销售仍呈现增长趋势。不仅中国是这样，美国以及欧洲等主要市场的儿童纸质出版物也处在增长过程中。李学谦列举了一组数据：2014 年中国少儿图书零售市场增长率是 11%，美国是 13%，美国这样一个成熟的发达国家的少儿图书增长还高于中国这样的发展中国家，由此可见，互联网时代纸质媒体对于少儿阅读来说具有相对的稳定性。

巨大的市场是少儿出版物能够增长的另一原因。中国有着世界上任何国家都没有的巨大儿童读物市场，我国未成年人有 3.67 亿，比美国全国人口还要多。而且，总供给还没有被充分满足。

市场空间大，在互联网时代又具有相对的稳定性，基于这两个原因，李学谦认为，这决定了中国的少儿报刊还会处在比较稳定的发展阶段。而且，“十三五”时期国家更重视全民阅读，现在在推广全民阅读过程中也更加重视少儿报刊的作用，少儿报刊的发展前景值得期待。

但幸福并不会自己从天上掉下来，并不是任何一份少儿报刊都会受到稳定性比较强、成长性比较高的关照。李学谦认为，这取决于质量的高低，办得好、办得认真、尊重读者、定位准的少儿报刊可能会实现增长，反之就会被市场淘汰。

陪伴阅读的魅力在于坚持

王娟前段时间在校园中就少儿报刊阅读进行了调研，结果显示，对于少儿报刊的阅读，学校和学校之间、班级和班级之间、家庭和家庭之间的差异比较大。王娟说，有的学校一个班的孩子会每天都读少儿报刊，并且会选不一样的少儿报刊，但有的班级可能只有20%的孩子有时会读，还有的班级孩子基本不读报刊。王娟发现，如果老师多组织阅读和交流报刊的活动，班级里面阅读报刊的习惯就会比较好。

如何培训孩子们阅读报刊的习惯呢？作为阅读推广人，王娟的体会是：出版少儿报刊的出版社、报社要更多地与家长、老师沟通，把凝聚编辑、作家心血的报刊推荐给他们，通过他们去陪伴和引导孩子们的阅读。她还提到，图书的阅读推广已经有一些方法了，但是少儿报刊在阅读推广过程中如何去体现它的连续性、互动性的特点，这方面的方法研究还不够。

在培养孩子们阅读少儿报刊习惯上，孙云晓做过多年相关课题研究，他提供了几条有效的建议：一是建议父母带头读报刊，父母是孩子最好的榜样。二是支持鼓励孩子订阅少儿报刊。三是在孩子10岁之前，坚持晚上睡觉前给孩子读书或者读报刊20分钟，不仅增长知识，而且还增进亲子关系。四是可以每天在一个固定的不受干扰的时间，找一个舒适的位置，让孩子每天在那个地方读报刊、读书半个小时。这样时间长了以后，90天孩子就会形成条件反射，非常享受读书时间，父母能够一起读更好。

孙云晓认为，这 4 条如果能做到，大多数孩子都能养成阅读少儿报刊的习惯。

孩子阅读习惯的养成，最重要的就是陪伴。在王娟看来，陪伴阅读的过程其实很简单，但是它的魅力只有两个字才能造就，那就是坚持。简单的阅读行为，日复一日、年复一年才能拥有它的魅力和价值。家长和老师们需要的是等一等、陪一陪，一起陪着孩子们走过短暂的童年。

（2016 年 9 月 27 日《中国新闻出版广电报》）

既做科研龙尾　也做学术龙头

文 / 赵新乐

嘉宾：《国际口腔科学》编辑部主任　王晴

中华医学会杂志社副社长　刘冰

上海市期刊协会副会长兼秘书长　秦钠

《科技进步与对策》编辑部主任　陈晓峰

主持：湖北广播电视台经济频道《悦读》栏目主持人　栾颖

在众多种类的期刊中，行业期刊以其明确的专业性独树一帜，为行业服务的同时，也引领着行业的发展方向。那么，在媒体融合的大背景下，行业类期刊的影响力如何打造？转型期的行业期刊又该何去何从？ 9 月 24 日，中华医学会杂志社副社长刘冰、上海市期刊协会副会长兼秘书长秦钠、《国际口腔科学》编辑部主任王晴以及《科技进步与对策》编辑部主任陈晓峰做客“红沙发”系列访谈，就相关问题进行深入交流。

“专、精、特”上显特色

对于行业期刊来说，在新的媒体环境中，“专”字包含哪些概念，是否有了新的内涵？在具体的办刊实践中，“专、精、特”三个字的分量又该如何权衡？

《中华医学会》系列期刊自创刊以来就聚焦医学方面，走过了100多年的历史。现在177本期刊中，后创刊的几乎都聚焦到某个学科的领域，比如眼科、呼吸科、口腔科、心血管科。在刘冰看来，这种“专”就体现在分支的“专”上。除此之外，他认为，“专”还包括专注与专心，办刊人要尽最大的投入才会有最好的内容产业。

在上海629种期刊中，行业期刊占1/3。秦钠举例，《社会学杂志》的“专”，就体现在对社会学学科的引领，以及通过一些平台对年轻学者的培养。用陈晓峰的话说，相较于大众期刊，行业期刊“专”的目的是为了服务于特定的人群，为某一个学科的发展作出努力。

对于“专、精、特”在办刊中各自的地位，每个人都有不同的看法。王晴认为，“特”排在第一位，也就是期刊要有自己的特色，要有区别于他人的地方。华西口腔医学院是中国第一个牙科医院，有100多年的历史，期刊就是依托这一优势体现特色。对此，刘冰则持不同观点。他说，“专”是土壤，“精”和“特”是上面长出来的小苗，期刊需要不断地聚焦土壤，才能把储备做得最好。

在秦钠看来，行业期刊的“专”应当与时俱进，“特”也应是“独一无二”，而如果要把刊物做到顶尖，还需要持续加入新技术元素，现在的外因就是互联网。

从行业影响到影响行业

在行业期刊中，很大一部分属于学术类期刊，其行业影响力的形成是办刊的首要目标。但是，如何能够把行业期刊的行业影响力再提升至对行业的影响，成为期刊社的终极追求。

秦钠提到，上海的行业期刊在做一个尝试，把刊、学、研联动并加上互联网的基因，即从单纯展示功能的刊物到刊物、学科以及科研的联动，然后再通过互联网向前推进、实现传播，形成内部资源和外部资源的整合。比如，上海打算建立融合实验室，把期刊协会的 629 种期刊遴选出来，把一些内容放在实验室里进行增值，最后全屏展示期刊的内容，再与其他机构联手，形成一种全新的传播模式。

“过去我们讲期刊是科研的龙尾，也就是发表研究成果的重点，但现在我们认为期刊同时也是龙头，可以牵头组织优秀的专家团队把好的资源发布出来。”刘冰提到，中华医学会杂志社通过编委会成立了相关的学术研究组织，以编辑部或者编委会牵头组织相关的行业专家来开展临床科学研究，这在过去是没有的。

提升国际影响需内外结合

面对国内许多优秀科研论文流失的情况，学术期刊的国际影响力打造成为摆在大家面前的一个课题。

刘冰说，国家六部委推出了提高我国英文期刊影响力的计划，一方面要争取国际上好的稿源，一方面也把我们自己的稿源推荐出去。比如，屠呦呦有两篇重要的关于青蒿素的研究文章都发表在国内的期刊上。"期刊其实支撑了很多科学家的成长，现在我们的科技发达了，能力也提升了，科研应当反哺期刊，支持期刊社的发展。"

在王晴看来，打造学术期刊的国际影响力，期刊应该实现分层定位。比如，中文期刊要想国际化，应该用英文期刊走出去，同时办好中文期刊，服务于本土、服务于大众。"一个期刊特别是科技学术期刊应该进行分层定位，针对不同的读者、作者来制定其办刊宗旨和方向，这样各个层次都照顾到了，既有走出国门的，同时也有服务于本土的、服务于基层工作者的，而不是一窝蜂地全部国际化，既浪费资源也达不到目的。"王晴说道。

对于行业期刊未来的发展，秦钠认为，未来学术期刊的走向应该是纸媒与新媒体大融合，是基于大数据时代标准库的建构，以及专业期刊群的抱团发展。通过打造一个个专业期刊群，然后再联合起来形成国内的航空母舰式的大平台。

陈晓峰对此持相同观点："未来行业期刊一定要往平台式的方向发展，很多期刊都希望自身就能够建成一个平台，但是集群化对期刊平台的建设是有帮助和好处的，这是应该重视的问题。"

（2016 年 9 月 27 日《中国新闻出版广电报》）

用儿童视角书写世界

文 / 刘蓓蓓

嘉宾： 山东出版集团总编辑　迟云

中国作协副主席、山东省作协主席　张炜

主持： 中央人民广播电台主持人　贺超

知名作家张炜这几年的儿童文学作品越来越受关注，比如《半岛哈里哈气》《寻找鱼王》等。最近，他又带来了一部43年前创作的儿童文学作品《狮子崖》，那时的他刚刚走入文学的世界。在张炜看来，成人文学和儿童文学其实有许多的共通点，而儿童文学不仅是整个文学的入口，更是核心和基础。

43年前的作品失而复得

《狮子崖》写于1974年，那时张炜18岁。那时的他只觉得这是文学的练笔，当过了43年后再去看这部小说，张炜却说“这部小说对我来说当特别珍惜。回头再看它稚拙的模样，不由得怦然心动，倍生怜惜”。

上世纪90年代初，有一天张炜突然萌生了一个想法：烧掉身边的这一箱箱手稿。它们是张炜70年代的习作，有350多万字，已经跟随他一路跋涉，由海边到山地，再到不同的城市。张炜说：“这其中凝聚了我的激动和畅想，更有辛劳和懊恼，常常让我一遍遍抚摸，就像抚摸自己的昨天。可是它们也沉重地压在心上，拴住了前进的步履：每当心里泛起笔耕的欲念，总是忍不住要在它们当中翻拣一番。看来我真的需要一次决绝地告别，以便更好地直面前路。”他从中挑选了20多万字交给出版界的朋友，即资深出版人、作家刘海栖，这就有了那本小说集《他的琴》。

随着年龄的增长，长夜无眠时，他竟一次次想到了离自己而去的300多万字。“它们携着我的青春，一去不再复返。”

2016年春节前，作家洪浩与张炜一起去看望老作家曲克勇。80多岁高龄的老作家回忆了他们40多年前的交往，问他记不记得有一部写海边育贝场的小说，张炜依稀想起，说大概被烧掉了。老作家说：“没有，这部书是我推荐给出版社的，退稿就在我那儿，也许还能找到。”老作家翻遍了积存的书籍文稿，而后又联系爱好文学的侄子，竟然保存在他那里。张炜和洪浩于是当天就得到了一份泛黄的手稿。

这份泛黄的手稿，就是今天我们所看到的《狮子崖》。修订时，作者尽量保留了原有风貌，那时的稚嫩、时代的荒谬、生机勃勃与贫瘠简陋，一切都在这些文字中了……“让今天的少年通过它了解上个世纪的生活，将今天与昨天两相对照，可能也是极有意义的。他们将由此感悟时代变迁、今昔之异，也算人生的题中应有之义吧。”张炜如此看待这本书的价值。

儿童文学和成人文学都要好读

其实张炜很早就开始写儿童文学了，只不过后来的儿童文学作品出版后才引起关注。他并不是从成人文学进入儿童文学，而是一直对于儿童文学的写作没有中断过。在张炜看来，儿童文学的写作对他整个文学生涯非常重要，一开始他把儿童文学作为文学写作的入口，但直到今天，他都没有从这个入口出来过。

有一种观点认为，儿童文学应该从儿童视角出发，在张炜看来，不应该只局限在儿童之间的对话，也可能是老年人、中年人和儿童的对话，因为优秀的儿童文学不仅属于孩子，也属于成人。儿童文学的表达从来不是浅薄的，而应该充分地文学化，从文学化里淡出的儿童文学是“大可怀疑”的。在《寻找鱼王》出版时，张炜和编辑的一段对话中也提到了这一点。他认为，好的儿童文学不应该是童稚的、天真的乃至于肤浅的，而是成人看了依然会觉得津津有味的。

张炜的成人文学和儿童文学的确都是好读的。在他看来，不管是儿童文学还是成人文学，大约90%以上的优秀作品，都是深入浅出，好阅读、好理解的。“作品的外壳比较薄，但这并不意味着它的内容浅或少，它的内涵都在似乎很薄的外壳里包裹着。这种包裹能力决定一个作家量级很重要的方面。”张炜认为，有些读着很晦涩、很难进入的作品，反倒是很一般的作品。“好的儿童文学不需要这样，好的成人文学也同样如此。”

对于中国当代儿童文学创作，虽然有各种各样的议论，但张炜认为中国的儿童文学作品很了不起，因为它们吸纳了许多杰出的作品。而在读国外儿童文学作品时他也发现，这些作家并不是纯粹的儿童文学作家，几乎所有的大作家都写过儿童文学，比如托尔斯泰，他一直有一颗童心，总是在用孩子的眼光打量世界。他们写得更辽阔，思想的纵深感很强，张炜觉得这种儿童文学感对他个人的写作和阅读都是一次重要的牵引。

新一年还会创作儿童文学

作为山东籍作家，同时也是山东省作家协会主席，张炜对于家乡的出版社给予了很大支持。近年来，他的多部作品都由山东出版集团出版。比如《寻找鱼王》由明天出版社出版；16 卷的《张炜文存》，还有新作《狮子崖》，由山东教育出版社出版。山东出版集团总编辑迟云很感谢张炜对于家乡出版社的厚爱，他说，这些作品为提升山东出版集团的社会影响力和美誉度提供了极大支持。

当然，推出张炜的多部作品，还是因为看重作品的品质。迟云说，比如《狮子崖》的出版，延续了一个跨越 40 年的故事。捧读作品，深切感受到一部经典作品经得住时间的检验，并再次阐述了一部作品在时过境迁之后仍能打动人心的原因。在今天，文学持久的、永恒的魅力更加凸显，而深切关注文学内在品质，呈现其独特魅力，以体现真正的民族精神，对于全球化浪潮中的出版业尤其具有特殊的意义。在迟云看来，作为出版人，就要有独特的审美眼光和独特的人文情怀，担当起应有的出版责任。

山东出版集团在出版张炜作品时都非常重视和用心。《中国新闻出版广电报》记者了解到，在《张炜文存》制作过程中，山东教育出版社社长刘东杰亲自担任丛书的总策划，制定了周密的出版计划和保障措施。拿到《狮子崖》作品时，因为是失而复得之作，所以山东教育社也是倍感珍惜。“这是一本能代表张炜年轻时代创作水准的优秀儿童文学作品，能出版这样重要而特殊作品，这也是我社乃至山东出版集团的荣幸。”刘东杰如此说。

现在的张炜多了一个新头衔——中国作家协会副主席。他说觉得身上的责任更重了，他要把作品写得更好。新的一年，他透露还会创作儿童文学，也会有诗作和成人文学创作的考虑。让我们一起期待吧。

（2017 年 1 月 20 日《中国新闻出版广电报》）

文化的重要起点在于阅读

文 / 赵新乐

嘉宾： 中国作家协会书记处书记、副主席　何建明

主持： 河北省廊坊电视台　郝钢

有媒体说他 40 年只做了一件事：讲述中国故事。他说，是写中国改革开放的故事，写中国人民在中国共产党领导下实现自我发展和成长的故事。从 1978 年发表第一篇报告文学《腾飞吧，苍龙》起，中国作家协会书记处书记、副主席何建明在近 40 年的写作中，硕果累累。三十几部长篇、上百部中短篇是何建明对脚下这片热土充满爱与激情的见证，也是他笔耕不辍的最好说明。

一本书与一生情

“我之所以走上作家这条道路，并成为今天作协的一名管理者，与小时候读的一本书分不开。”在做客全民阅读“红沙发”系列访谈现场，何

建明讲述了他人生中与书有关的故事。

当何建明还是一个八九岁的孩子时，在暑假的一天，他到亲戚家看到了一本厚厚的、封皮已经被撕掉的没头没尾的书，他被书中主人公的故事所吸引。尽管在看完之后，他并不清楚那本书的名字是什么，但书里主人公的故事却记得清清楚楚。就是这本书影响了他一辈子，书中主人公的名字是保尔·柯察金。

在何建明看来，自己的经历与保尔有着惊人的相似，甚至连保尔最喜欢看的《牛虻》，也是何建明的所爱。“保尔·柯察金的人生影响了我，这本书也影响了我的人生”，何建明说，这充分说明了一本书对一个人的影响有多深，那本没头没尾的书就这样走进了他的人生，注定了此后他与书的关系。

1978 年，当时在部队里从事新闻报道的何建明，写出了人生中第一部报告文学《腾飞吧，苍龙》。而对他创作真正产生影响的则是另一本书《哥德巴赫猜想》。“如果说《钢铁是怎样炼成的》影响了我的人生，那么《哥德巴赫猜想》则对我的创作文体产生影响”，在何建明看来，这就是阅读的力量。

从上世纪 80 年代到现在，何建明的笔下记录了中国若干重要事件的发生与发展，在很多重大事件中，他的参与度都很高。“这跟我的文体有关系，也与我的写作追求有关系”，何建明提到，他所讲的中国故事，基本都是发生在这个国家的重大事件、重大典型。改革开放近 40 年，也是何建明从事写作的 40 年。他用文学的手法记录了这个国家在过去 40 年中的沧桑巨变，记录了这个伟大时代的风云变幻。

只有真诚才能写出真情

“阅读，对于一个人、一个国家、一个民族、一个时代来说都是非常重要的。”在何建明看来，中国现在倡导全民阅读非常必要。因为我们的国家发展到今天，需要走向世界，需要让世界了解我们。作为中国人，除了经济实力增强、腰杆硬了之外，还得有文化。而文化的重要起点就在于阅读。这对于民族素质的提高，以及整个国家的强大具有重要意义。

对于何建明来说，他不仅是写作者，同时还在作家协会承担管理工作。不仅要自己写作，还要培养作家，组织作家创作。因此，他的阅读广泛而深入。不仅要读自己喜欢看的书，还要读作家的优秀作品，哪怕社会上有争议、有疑惑的作品也是他阅读的范围。

在中国这么多的作家中，何建明是唯一的“全国劳动模范”。在他看来，一个作家能为国家服务，这是非常光荣的事。只要作家说人民的话、讲人民想听的故事，就可以得到人民的尊重，他的影响力自然也会非常大。

“这其中有一个关键因素，就是作家要讲究情感。”何建明认为，作家本身就在于用文字表达情感，这就要求做人做事真实，无论是爱还是恨，都要表达出来。尤其是报告文学作家，对待社会、对待国家、对待人民，只有真诚才能写出真情，才可以感动读者。

“如果一个人对这个时代，对这个国家，对这个民族，对人民有真切的爱，那么他的看法就会不一样。”何建明认为，在倡导全民阅读的时候，要强调阅读也要带着情怀。

具体到阅读的方式，何建明认为，细读、深读、专读特别重要。为什么要细？在他看来，我们现在所处的互联网时代，移动屏对阅读的影响很大，大部分人都在泛读而缺少细读。所谓深读，就是把自己的心、自己的行为内化进去，是那种能够镌刻到脑海中，留下一辈子记忆的阅读。就像他当年看《钢铁是怎样炼成的》一样，润物无声。而专读则是指在细读、深读之后，加入自己职业的专读。

建议设中国国际文学奖

作家何建明还有一个身份：全国政协委员。在今年两会期间，何建明的提案是设立“一带一路”中国国际文学奖。

“我觉得‘一带一路’是我们国家一个伟大倡议，具有世纪意义，在这个过程当中文学如何参与，我觉得很重要。”正是基于这样的考虑，何建明想到了文学奖。

在世界上的其他国家，例如美国、日本、法国、英国、以色列都有国际文学奖，但中国还没有一个国际文学奖。

“‘一带一路’除了经济建设之外，政治、外交、文化也是很重要的，民族与民族之间的沟通，以文学的形式是非常有效的。”在何建明看来，这也是一件比较容易操作的事情，甚至他在参与人选、奖金设定等细节上已经提前做了论证。何建明认为，如果设立“一带一路”中国国际文学奖，文学就可以以这样的方式来团结“一带一路”沿线国家的文学和文化工作者，这是非常有意义的。

悟语

细读、深读、专读特别重要。我们现在所处的互联网时代，移动屏对阅读的影响很大，大部分人都在泛读而缺少细读。所谓深读，就是把自己的心、自己的行为内化进去，是那种能够镌刻到脑海中，留下一辈子记忆的阅读。就像当年看《钢铁是怎样炼成的》一样，润物无声。而专读则是指在细读、深读之后，加入自己职业的专读。

——何建明

（2017年6月9日《中国新闻出版报》）

河北开启出版业发展新起点

文 / 刘蓓蓓

嘉宾：河北省新闻出版广电局局长　李晓明

主持：河北省廊坊电视台　郝钢

“举办全国图书交易博览会是河北省新闻出版广电局多年来的心愿，今年终于得以实现，所以我们倍加珍惜，竭尽全力，办出特色，办出水平。”第27届全国图书交易博览会（下称“书博会”）执委会执行主任、河北省新闻出版广电局局长李晓明做客全民阅读“红沙发”系列访谈活动时如此表示。

一系列数据显示，这届书博会的确实现了预期目标：图书订货码洋总计42.3亿元，惠民书市和展会现场销售码洋4100万元，4天时间入场观展人数达81万人次。对于第一次举办书博会的河北来说，则开启了其新闻出版业发展的新起点。

以书博会为契机推进全民阅读

书博会在河北省廊坊市举办。李晓明认为，这是河北省展示出版业成就、全民阅读成效、精神文明建设成果的一次难得机遇。今年书博会河北展馆，的确成了媒体和读者最为关注的展区之一。该展区集中展示了3000余种冀版精品出版物。其中“红色太行”主题展区吸引了许多读者合影拍照，展区左侧为革命圣地西柏坡五大书记雕塑，中间为习近平总书记著作《知之深 爱之切》，右侧为“千年大计、雄安新区”壮美蓝图，代表了河北在不同时期所处的重要历史地位及作出的突出贡献。

李晓明说，河北正以此次书博会为契机，认真思考在全民阅读工作中如何更好地发挥政府的主导、推动作用。全民阅读是全民的事，又是政府的事。全民参与又必须政府来推动。他注意到“推动全民阅读”正式编入国家《国民经济和社会发展第十三个五年规划纲要》，纲要还把全民阅读工程列为“十三五”时期文化重大工程之一。“这就使全民阅读从党和政府工作报告这一战略层面进入到落实层面，有利于各级政府把全民阅读纳入工作考核。”李晓明认为，除此之外，现在每年出书很多，因此要加强荐读引导，要从弘扬社会主义核心价值观、弘扬主旋律，服从和服务于党的意识形态工作要求出发，做好建设书香社会、学习型社会的顶层设计。

推进全民阅读品牌提升和地方立法

今年书博会开幕前，河北省开展了富有特色的全民阅读“书博大篷车”活动，在燕赵大地掀起了一股读书的热潮。而书博会的举办，又为河北省尤其是“书香城市”廊坊市的全民阅读热添砖加瓦。

在访谈中李晓明介绍了河北省全民阅读开展情况。全民阅读活动开展以来，河北省在全国首倡“书香家庭”评选，开启了书香社会创建新局面。目前，已经开展了三届全民阅读“书香系列”评选和“十佳书香家庭”、“十佳书香集体”评选表彰，有效引领了全社会读书风尚的形成。

李晓明说，当前河北省全民阅读正在积极推进的工作是不断充实提高全民阅读品牌活动，带动全民阅读创建。世界读书日主题活动、河北省青少年“阅·知·行”读书活动、惠民阅读周活动、“我爱我家－同悦书香”亲子阅读活动、“小手拉大手”一起来读书活动等，内容越做越实，形式越来越新，品牌越擦越亮。特别是2016年9月，在廊坊市成功举办了首届京津冀运河书香节，进一步促进了京津冀三地和大运河沿线城市新闻出版业深度合作，扩大了全民阅读活动的影响力。

此外，全民阅读地方立法也是河北省局正在着力进行的一项工作。去年河北省局会同河北省人大常委会起草了《河北省促进全民阅读决定》建议稿，力求在明确全民阅读职责主体、资金支持、指标体系、居民阅读权益、评价考核等方面予以法律规范和保障。建议稿已经提交省人大，经过规定程序，争取早日出台。地市级的立法工作也不甘落后。2016年12月29日，石家庄市十三届人大常委会第二十九次会议表决通过了石家庄市《关于促进全民阅读的决定》，这在全国也是名列前茅的。

李晓明介绍，经过多年持续推动，河北省全民阅读社会影响力显著增强，阅读话题和阅读生活日常化、公众化明显，“书香河北”创建初见成效。

科学谋划京津冀一体化产业发展

京津冀新闻出版产业对接展区，是本次书博会上的特色展区之一，这是河北打造的全国尤其是京津地区新闻出版产业有序疏解和承接的服务平台。对于京津冀一体化大背景下，新闻出版业的协同发展，李晓明说，河北已经进行了谋划并付诸行动。

在推进京津冀协同发展中，河北省贯彻落实相关指示精神，经过深入调研、科学论证，制定了“京津冀协同发展暨新闻出版广电产业转移河北对接”的总体方案。通过产业对接实施，以园区和重大产业项目为载体，主动承接京津地区产业转移项目，将形成布局合理、分工明确、优势互补、聚集发展的产业发展新格局。

李晓明透露，河北省沧州市、衡水市、唐山市、保定市、承德市等地在承接产业转移和园区建设方面采取了有效措施，使得一大批京津科技成果正加速在河北省孵化、转化，一大批出版印刷企业相继落地，并开始分享协同发展疏解转移带来的红利。接下来，河北省将推动基地和园区建设双轮驱动及国家重点文化设施建设项目落地。

对于出版业的协同发展，李晓明的看法是：有了京津冀一体化这个大背景，河北省就要积极行动、主动作为，加强三地历史、社会科学工作者之间，文化新闻出版广电业之间的交流合作，平台共建，资源共用，成果共享，壮大燕赵文化研究、开发、出版力量，提升质量，互学共赢，打造出版一批能代表三地学者、作家、出版家合作水准的精品，集中展示燕赵文化博大雄厚、历久弥新的强大生命力，为三地以新的文化姿态呈现在世人面前作出新的更大贡献。

悟语

当前河北省全民阅读正在积极推进的工作是不断充实提高全民阅读品牌活动，带动全民阅读创建。世界读书日主题活动、河北省青少年“阅·知·行”读书活动、惠民阅读周活动、“我爱我家－同悦书香”亲子阅读活动、“小手拉大手”一起来读书活动等，内容越做越实，形式越来越新，品牌越擦越亮。特别是2016年9月，在廊坊市成功举办了首届京津冀运河书香节，进一步促进了京津冀三地和大运河沿线城市新闻出版业深度合作，扩大了全民阅读活动的影响力。

——李晓明

（2017年6月9日《中国新闻出版报》）

阅读力，让中国更有力量

文 / 郝天韵

嘉宾：韬奋基金会理事长　聂震宁

主持：河北省廊坊电视台　郝钢

作为全民阅读倡导者，全国政协委员、韬奋基金会理事长聂震宁做客全民阅读“红沙发”系列访谈，对“为什么阅读”“如何阅读”“读什么”等问题提出了自己的看法，更是对其新著《阅读力》中提出的“阅读力”概念进行完整阐述。

专注“阅读力”研究

“阅读力”的提出最先来自于触动聂震宁思考的两个阅读事例，一个是中美大学生的阅读比较，另一个是来自于一所“211”大学的大学生提问。自此，聂震宁开始将他对社会阅读问题的研究重点转移到阅读力研究上，即如何提高阅读力。阅读力与一个时代、一种文化的潜在影响有关，与教育有关，与社会氛围有关，与阅读兴趣有关……在诸多专家看来，“阅读力”概念的提出成为解决阅读实际问题的凝练总结。在《阅读力》一书中，聂震宁将读书的目的与缘由归纳为四种，即读以致知、读以致用、读以修为和读以致乐。

在国际上，包括中小学生的国际学生评论项目（PISA）测验等指标性评价中，阅读能力一直是最为重要的项目之一。可以说，阅读力与“智商”“情商”“财商”等概念一样，也是现代人特别需要提升的能力。“从更大层次上看，阅读力不仅是一个人的阅读能力，也是社会整体的阅读水平，因而关系到国家民族的竞争力。”

阅读力是一个人的阅读能力，更是一个社会的阅读力量。聂震宁认为，阅读力就是一个人的学习力、思想力和创新力。同样，一个社会阅读力，就是这个社会的学习力、思想力和创新力，更是这个社会的凝聚力、幸福力、竞争力。“总而言之，阅读是我们社会发展最重要的基础之一。”聂震宁说。

忙时读屏，闲时读书

近10年来，聂震宁一直在呼吁、推广全民阅读。近日，聂震宁更是在其新著《阅读力》中，首次将“阅读力”这一概念提出并进行完整阐述。

全民阅读不是搞形式，不能在世界读书日当天，大家热闹一下就完了。在聂震宁看来，全民阅读不能流于形式。聂震宁探讨的“读书”并不只是上学读书，“而主要是指作为一个人生活的一部分的终身阅读，这是一个细水长流甚至静水深流的过程”。

鉴于全民阅读的当代生活性特征，聂震宁提出，在阅读上也不妨做一点融合，即：忙时读屏，闲时读书。

聂震宁坦言，开卷有益，散散碎碎读一些对自己有用的东西，这就是忙时读屏。“忙的时候，比如在公交车上、公园里等待约会的时候，都可以拿出手机，读些微信公众号的美文，或是朋友推荐的书籍，这都是在读书。”

闲下来时，可以读几本深刻的书。读一本完整的书胜读几十篇小文章，更胜读几十篇零零碎碎的东西。“一本书是一个完整的知识体系，会给读者一个完整的思维过程，甚至会在一定意义上带来精神领域的充分享受。”在聂震宁看来，也许一本名著会给读者一次灵魂的震撼，我们会一辈子记住读过的《白鹿原》《静静的顿河》《子夜》《呐喊》《阿Q正传》这些经典名著，它们甚至会对一个人的精神、心智、人生作为都有所改变。

之所以提出“忙时读屏，闲时读书”，是因为读一本书和看手机二者并行不悖。“碎片化的时间读一些碎片的东西没有问题，但是只要有整块的时间，就可以想办法多读些深刻的书。”聂震宁说。

选“喜欢读的”和“读得懂的”

解决了“何时读”的问题之后，我们进而面临“读什么”的问题。4月11日生活·读书·新知三联书店举办了聂震宁的新书《阅读力》出版座谈会，聂震宁在《阅读力》一书中把为读者推荐的书目做了精细的列举。“红沙发”访谈现场，聂震宁也针对“读什么”这一问题与在场观众进行了分享。

读喜欢的书、找读得懂的书，这很重要。“读以致知，读以致用，读以修为，读以致乐，一个人阅读最高境界就是读以致乐。读书让你感到快乐，这才是最高境界。读得不快乐的时候也别着急，可以找一些容易读的书。”聂震宁讲述，一名大学生曾向他提出自己的疑问：很喜欢哲学，却读不懂，翻了几页之后读不下去了怎么办？聂震宁建议这名学生先去读那些与生活比较接近的哲学书。“就拿哲学来举例，对于初学者来讲，苏格拉底、康德等这些古希腊哲学读起来会很费劲。反而可以先读一些与生活接近的哲学书，也许就会从中有所发现，将之前没有想过的问题激发出来，比如朱光潜的《谈美》，这也是哲学。”在聂震宁看来，先要对哲学有一个基本的印象，由此才可以循序渐进地去阅读。

在聂震宁看来，阅读伊始，最重要的是读你喜欢的、读得懂的，或者经过努力才能读得懂的那些书。此外，还要有空间去等待新书。“我们书架上要永远留出一些空间随时放入新书，放入让你激动人心的新书，不管是新的优秀作品，还是新的畅销书，不妨读一读。”聂震宁说。

“独读书”同时“众读书”

春风吹百草，全民开卷时。随着对阅读话题的进一步深入，聂震宁借孟子之言“独乐乐不如众乐乐”，进而提出“独读书不如众读书”。既然阅读得以致乐，那么我们何不许多人聚集起来快乐地读呢？陶渊明就曾诗云：“奇文共欣赏，疑义相与析。”聂震宁认为，阅读力其实就是教育力、文化力、思想力的一部分，一个人是如此，一个社会更是如此。“友人共读而忘情，家庭阅读、社区阅读更是充满着融融的温情。”聂震宁说。

聂震宁解释道，“众读书”给我们带来的收获或许比“独读书”带来的收获更大。“‘众读书’的过程，就是把一部作品通过更多人的智慧加以梳理和提升。同时，也能够把更多的知识传播出去。”

人是社会化动物，一个人向隅而泣、向隅而读，就是面壁十年，所表达的也是一种精神，“两耳不闻窗外事”的读书从来是被批评的。“我们读书一定要跟社会紧密联系。”聂震宁说。

古有文人雅集《兰亭集序》，今有风起云涌的读书会，都是“众读书”的方式。

“‘众读书’最基础的就是家庭，一个家庭如果能建立一定的阅读时间、阅读气氛，就能给孩子带来一个良好的阅读家风，这对孩子的成长有非常好的帮助。”在聂震宁看来，对于下一代读书习惯的养成，“众读书”显得尤为重要。

不把校园阅读当应试教育

作为全国政协委员，聂震宁连续 11 年提案设立“国家读书日”“全民阅读日”，在今年的两会上，聂震宁依然关心阅读问题，提出关于在我国中小学开设阅读课的建议。

“怎么改善我们的国民阅读状况？我觉得必须从小孩子抓起。”在聂震宁看来，中小学阅读是全民阅读的“底子”。

如今，学校图书室、图书馆正在建立和丰富，但是中小学生的读书阅读力仍然没有显著提升。由此，聂震宁建议，中小学应该设有阅读课，以教授阅读方法为主，同时带领学生进行阅读实践，指导中小学生阅读这一年龄段应该读的书。同时，还要告诉学生“为什么阅读”“阅读意味着什么”。“阅读意味着我们一生当中，一种能力的形成。”聂震宁认为，通过中小学开设的阅读课，要让孩子们在 15 岁前形成阅读能力，这样我们国民阅读状况才能得到根本性改变。

“如果这一目标有一天实现了，特别需要注意的就是不要把它变成另一种应试教育。”对于中小学生开设阅读课，聂震宁也提出了自己的担忧，读书如果没有幸福感是不行的，我们可以通过考试来检测学生们的阅读素质，但绝不能变成一门应试教育。“考试的题目不要有标准答案，只要有一个基本答案，我觉得就可以了。”聂震宁说。

悟语

阅读力就是一个人的学习力、思想力和创新力。同样，一个社会阅读力，就是这个社会的学习力、思想力和创新力，更是这个社会的凝聚力、幸福力、竞争力。

——聂震宁

（2017 年 6 月 9 日《中国新闻出版报》）

每人心中都有一家新华书店

文 / 赵新乐

嘉宾： 中国新华书店协会副理事长兼秘书长、新华书店总店副总经理　张雅山

河北省新华书店有限责任公司总经理　于慧丰

主持： 河北省廊坊电视台　郝钢

从 1937 年 4 月 24 日创建到现在，新华书店已经走过了八十载春秋。在大多数人的记忆中，新华书店就像是一种特殊的存在，陪伴着时代成长进步的符号。

历时 80 年，从清凉山万佛洞、30 多名老红军到现在 12 万名员工、1.3 万多的网点，承担着国家发行任务的新华书店一路走来历经艰辛，也创造了辉煌历史。

特殊时期承担特殊使命

新华书店是由中国共产党创建并支持发展的文化体系，新华书店的创立对中国的革命，对中国的文化建设有着特殊意义。

“可以说，新华书店创立在一个特殊的时期，特殊的人，执行了特殊的使命。”中国新华书店协会副理事长兼秘书长、新华书店总店副总经理张雅山说，1937 年 4 月 24 日，新华书店在延安清凉山创立时，抗日战争还没有全面爆发，但是经过长征以后已经在酝酿、组建民族抗日统一战线。新华书店创立的最初目的是宣传党的抗日主张，组建全国民族抗日统一战线；经过长征到达陕北的红军战士成了新华书店的第一批员工；与其他书店不同的是，新华书店首先承担的是党的思想理论传播，抗日思想的传播和革命发展目标和纲领的传输。其次，是要普及科学文化知识和传播文化思想，唤醒民众，为新中国成立而创建。

正是基于这 3 个“特殊”，初创的新华书店经历了难以想象的艰难。张雅山提到，当时想把书发到全国各地，首先要冒着炮火硝烟，每次送书过程中，新华书店领导和员工都要作出很大牺牲。从一个解放区到另一个根据地，人员和书籍都会有损失。但这样坚持下来的唯一目的就是，把党中央的声音和传播文化的任务送到根据地去。“因此，牺牲精神是新华书店的一个红色基因。”张雅山说。

同名图书、纪录片回顾历史

在新华书店成立八十周年之际，《新华书店》同名图书及纪录片同时发行播出，在社会上引起广泛关注。

“把 80 年历程通过图像和声音的方式呈现给社会和广大读者，希望通过这种形式让大家了解新华书店，让新华书店品牌和影响越来越深刻。”张雅山提到，拍摄新华书店纪录片有 4 个基调：第一，红色基因。新华书店是党所创立的红色的发行机构。第二，历史责任。新华书店从诞生起就承担着很大的责任，它不仅仅是书店，传播文化知识，更重要的是传播党的声音，为党的建设，为新中国的建设，传播先进的革命理论。第三，使命意识。希望通过这部片子把新华书店的使命到这个阶段以后今后向哪个方向发展，如何配合国家文化建设政策和文化发展方针等讲清楚。第四，发展目标。希望通过纪录片的宣传，让全国读者了解新华书店，让员工有荣誉感和新华感，为新华书店的百年梦做努力。

作为新华书店总店在全国的第一个分支机构，河北省新华书店有限责任公司总经理于慧丰说，新华书店在 80 年发展历程中与河北有密不可分的渊源。1948 年，毛主席在西柏坡第二次为新华书店题写店名，现在全国新华书店用的店招都是毛主席在西柏坡提的字。如今河北出版集团投资拍摄新华书店纪录片和出版同名图书，传承新华书店精神，推动全民阅读尽一份责任。

《新华书店》同名图书利用了时间轴的概念，从 1937 年一直到 2017 年 4 月底这段时间，全国新华书店在发展历程上重大的时间节点、重要的事件，在书中通过照片的方式进行了展示和回顾。应该说，全景方式展现了整个新华书店行业 80 年来的发展历程、重大的发展成果、重大的历史节点和历史事件。

“每个人心目中都有一家新华书店”，这是《新华书店》纪录片中的一句话。可以说，新华书店为新中国的建设，为文化传播，为书香社会的建立，以及为新中国人民素质的提高都做出了不可磨灭的贡献。

最美书店引领阅读风尚

在刚刚结束的书博会上，中国新华书店协会公布了“最美新华书店”的评选结果。

张雅山说，这 80 家入选书店代表不同的新华书店，有大的书城，有很有格调的社区、书吧，还有图书体验馆。主要目的就是把大家心目中为读者服务，为读者提供良好的阅读空间，打造“互联网 +”时代下阅读的新体验的最美新华书店评选出来。

在于惠丰看来，最美书店没有固定的模式，不能用一个标准的尺子来衡量。但它一定要有读者的认可，是每个群体的读者都愿意去的书店。在此次评选中，河北省共有 3 家书店入选，类型完全不同。有按照现代读者的需求，利用现代设计、装修、服务的理念打造的人文社科精品书店；也有由原来的综合性书店改造成的儿童书店；还有地市级转型成功的大书城。

“不管大小，新华书店在发展过程中都要真正成为当地的一个文化地标，这是今后新华书店的发展趋势和方向。”张雅山说，要实现这个目标，新华书店要做的事情很多，发挥的功能也很多。希望通过这个书店的评选，让每个书店根据当地的特色，因地制宜，把自己的服务搞好，环境搞好，让新华书店常驻读者心中。

坚定改革与承担责任并进

新华书店是文化产业的一部分，有企业属性，但它又是特殊的文化企业。因此，作为国有文化企业，在承担社会责任上就应该起到引导作用。

张雅山提到，新华人希望通过自己的努力为社会带来更多的收益，让读者能够享受到新华书店发展的成果。正因为如此，从去年开始，新华书店开始发布新华书店责任报告书，希望通过报告书的方式向社会展示，新华人不忘初心，继续加大建设，在推动全民阅读、建设书香社会上所做的努力。

“实际上随着时代的进步，随着读者需求的变化，随着企业发展需要，新华书店需要通过转型升级，服务提升来满足读者的需求。”在于慧丰看来，社会责任报告的发布是新华书店对社会责任的坚守。比如，书城的升级改造，是一种功能的转变，实现这种转型升级不是简单的一种设计、装修，或者说是业态的调整，更多的是经营模式的转变。

从书架林立、白墙四壁到文化休闲体验空间，从单一的产品到多样化的选择，从被动服务到主动探求，新华书店的变革有内化的动力，有外在的需求，更重要的是在于对读者的在意。在于惠丰看来，转型后新华书店，它应该是打造一个城市的文化名片，一个城市的文化品牌，一个城市的文化传播的主要阵地。让书店能够近距离贴近消费者，为读者服务，推动全民阅读，践行新华书店的社会责任。

悟语

初创的新华书店经历了难以想象的艰难。当时想把书发到全国各地，首先要冒着炮火硝烟，每次送书过程中，新华书店领导和员工都要作出很大牺牲。从一个解放区到另一个根据地，人员和书籍都会有损失。但这样坚持下来的唯一目的就是，把党中央的声音和传播文化的任务送到根据地去。因此，牺牲精神是新华书店的一个红色基因。

——张雅山

实际上随着时代的进步，随着读者需求的变化，随着企业发展需要，新华书店需要通过转型升级，服务提升来满足读者的需求。

——于慧丰

（2017 年 6 月 9 日《中国新闻出版报》）

亲近儿童　发现儿童　思考儿童

文 / 袁舒婕

嘉宾： 儿童文学作家　金波

北京师范大学文学院教授　陈晖

主持： 河北省廊坊电视台　郝钢

“走啊，一起走，我们去看海。海风已吹进我们的心中，耳边已响起潮声澎湃……”这首由儿童文学作家金波为小朋友创作的《我们去看海》在全民阅读“红沙发”系列访谈活动现场响起时，很多大朋友也随着优美的诗句进入了诗意的儿童世界。6 月 1 日，书博会撞上儿童节，金波和北京师范大学教授陈晖做客“红沙发”访谈，与读者畅谈儿童文学的丰富世界。

在金波看来，孩子的世界极为丰富，是天生的诗人，人们通过写作和阅读与孩子接触，可以被引领着回到童年，而通过对孩子阅读兴趣的引导，也能影响人一生的素养。

懂孩子才能把故事写好

“小手电对着墙，一个一个小太阳。”一个3岁小孩子说的话被金波视若珍宝。陈晖说：“金波先生这么多年把儿童文学写得那么好，是因为他爱孩子，更因为他懂孩子。孩子随口念出的句子，在金波先生那儿就变成了诗句。孩子是天生的诗人，金波先生是天生为孩子写诗的人。”

很多人觉得儿童思维简单，没有太多的知识和阅历，自以为能很容易了解他们，事实并非如此。金波举了一个例子，有一次他问孩子们什么是爱，其中一个孩子回答：“妈妈叫我名字的时候是爱，当妈妈呼唤我名字的时候，我觉得非常安全，我就得到爱了。”很多类似于这样内涵丰富的话，往往是从孩子们嘴里说出来的，因此金波认为孩子的世界很丰富，通过写作和阅读与孩子接触，大人可以回到童年。

金波还举了一个让他印象深刻的例子：有一次他到一所小学讲课，下课后，一个小男孩跟他提出了一个要求：“金波爷爷，我想揪一根您的白头发行不行?”因为太突然，金波有点不知所措。就在这时候，班主任赶紧把孩子叫到一边去了。后来金波再回忆这件事的时候，他觉得自己让这孩子失望了，他想低下头来，让孩子揪一根白头发，还想问问这个孩子为什么要揪一根白头发。还有一次，金波和几个作者到一所小学参加活动，活动结束后，一个担任小记者的小女孩追上来说：“金波爷爷，我想您的白头发里一定住着小精灵，所以你才有永远写不完的故事。”这一次，金波似乎知道了那个男孩为什么要揪他的白头发留作纪念了。金波说：“孩子们的要求都表达了他们对你的爱，对你的尊敬，对你的希望，他们完全是通过在大人看来既简单又新鲜还神奇的一种动作、语言表达出来的。”

亲近儿童、发现儿童、思考儿童，这是金波创作儿童文学，特别是创作幼儿文学时要求自己做到的。“我比较喜欢去深层次考虑一下他为什么这么想、这么做，有的孩子的行为自己觉得很平常，但我们发现了他的闪光点，这就是乐趣。作为儿童文学作家，这就是写作的源泉。”金波回忆，从他开始发表儿童文学作品到现在，一晃60年过去了，一路走来有时候顺利，有时候也不顺利，但是不管怎么说，只要是为孩子服务，他觉得很多困难都可以克服。金波说：“因为我们面对的是小读者，跟他们打交道，不仅要为他们服务好，而且还要了解他们，研究他们，对他们的健康成长做一些好的事情，以便对他们有正面的影响。”

选书要遵循儿童阅读规律

很多家长特别想知道在孩子小的时候看哪些书能够为孩子把底子打好，为孩子一生的成长奠定好的基础。针对这个问题，陈晖推荐孩子们通过阅读诗歌去开启心智、培养美感、发展语言能力，并对传统的文化与文学艺术有真正的感受，以产生很好的内心回应。

金波也推荐孩子们去读诗，他觉得诗是文学的灵魂，诗的重要性不仅仅局限于知识的积累，还有对人内在的生命的熏陶和教育。金波说：“读诗是亲近母语、培养对母语的感情的最好方式，汉语的优美通过诗歌的语言、韵律和意境深深地触动我们的心灵，我们不该忽略诗歌的这种特殊的教化功能。对于今天的小读者来说，读诗应该是伴随着趣味、审美、智慧和思索来感受阅读诗歌的快乐。此外，诗还可以引领小读者学会诗意地生活，用心灵感受生活，热爱生活。”

“我一直觉得诗歌是很好的打底子的文学样式，孩子们可以通过培养对诗歌的阅读兴趣来提高自己的阅读能力。”陈晖还推荐了诗歌绘本这个形式的作品，觉得孩子们看到绘本中的色彩、构图、造型时，就能更好地理解诗歌的意象、意韵和意境，理解作者所表达的思想感情和人生感悟，通过画与诗这样的合奏，相互增效。

此外，金波和陈晖不约而同地认为，为儿童选择图书时，一定要让他们体会到阅读的快乐，最好遵循“低年级重情绪，中年级重情节，高年级重情感”的规律去选择。金波以自己的阅读经历为例说：“我很小的时候，就愿意读《吹牛大王》。到了中年级愿意读有情节、特别好玩的故事，比如《鲁宾逊漂流记》。到了高年级，我就喜欢读冰心的《寄小读者》，感觉里面的文字娓娓道来。”

现在孩子的阅读兴趣越来越个性化，可选择的书籍也越来越多。但是陈晖认为，孩子的阅读要丰富多元，同时也要均衡，要把孩子的阅读适当地跟学习性阅读、欣赏性阅读和娱乐性阅读加以组合和叠加。

幼儿文学起特殊作用

“我们倡导全民阅读，构建阅读社会，不能忘记婴幼儿的阅读。当我们给婴儿朗诵第一首童谣，即使他不懂童谣的内容，单那声音就让他感受到了艺术的美。”金波认为，对于婴儿来说，他们听到的声音往往是大于内容的。比如一个婴儿，他完全不识字，但如果妈妈为他朗读，他会觉得这声音很好听，然后全神贯注地听。这是因为婴儿的所谓阅读是从满足听觉开始的，因此金波主张从孩子不识字开始，通过听觉让他感受声音的美，通过听童谣和简单的故事体会阅读的快乐。“最美的声音未必要经过大脑的思考，而是直接通过听觉到心灵。”

幼儿文学在当下的儿童文学市场的竞争格外激烈，品种格外丰富，有歌谣、童话、散文、小故事等。金波认为，婴幼儿文学的拟人、拟声、反复等技巧，还有语感的体认、母语的情结、浅语的技巧，都是幼儿文学创作格外注重的。“幼儿文学虽然在体裁、体例上短小浅显，但它需要掌握的技巧却很多，可以说幼儿文学是最典型的儿童文学。”

今年恰逢金波从事儿童文学创作60年，金波幼儿文学奖启动了。“说实在的，以我的名字命名文学奖我诚惶诚恐，所以我跟合作方提出来，能不能把这个奖设的面窄一点，年龄段窄一点，就叫幼儿文学。”金波坚持要让以自己名字命名的文学奖之前冠以“幼儿”两字，是因为他看到了低幼童书的阅读意义非凡，“幼儿文学在文学启蒙上的作用，特别强调幼儿文学在培养审美趣味上的引导作用，以及对于母语的认知和热爱，这些都影响着人一生的素养。”

陈晖进一步提到，设立金波幼儿文学奖的目的是使读者更多地关注优秀作家创作的优秀作品，让孩子们在阅读中能更有针对性，尤其幼儿文学奖从低龄读者开始，对于这个特殊年龄阶段孩子的阅读更能够起到引领和支持的作用。

悟语

读诗是亲近母语、培养对母语的感情的最好方式，汉语的优美通过诗歌的语言、韵律和意境，深深地触动我们的心灵，我们不该忽略诗歌的这种特殊的教化功能。对于今天的小读者来说，读诗应该是伴随着趣味、审美、智慧和思索来感受阅读诗歌的快乐。此外，诗还可以引领小读者学会诗意地生活，用心灵感受生活，热爱生活。

——金波

我一直觉得诗歌是很好的打底子的文学样式，孩子们可以通过培养对诗歌的阅读兴趣来提高自己的阅读能力。

——陈晖

（2017 年 6 月 9 日《中国新闻出版报》）

写作是为了更好沟通

文 / 刘蓓蓓

嘉宾： 原中央电视台主持人　敬一丹

主持： 河北省廊坊电视台　郝钢

当敬一丹出现在书博会全民阅读“红沙发”系列访谈活动现场时，全场被围得水泄不通。从中央电视台退休之后的敬一丹比工作时还忙。刚退休时，她出了一本书《我遇见你》，总结其在央视 30 年的职业生涯。前不久，她又和大学同学共同完成了一本书《我：末代工农兵学员》，回忆美好的大学时光。

“因为写书我好像比工作时还忙”

“因为这两本书的关系，我好像比工作时还忙了。”敬一丹现在非常喜欢和读者谈谈读书，她说，自己过去不太有这种面对面交流的机会，现在因为书可以经常和读者直接交流，她很珍惜这种感觉。

通过阅读，敬一丹可以和不同群体的读者进行交流。比如面对小读者时，因为代沟，她其实不那么自信，但阅读拉近了她们的距离，而且这种沟通和交流变得非常有意思。敬一丹参加了一些学校的阅读活动，有很多阅读方式让她耳目一新。比如小学生改编《三字经》《三国演义》《西游记》等名著，然后在学校舞台表演，和同学们面对面交流。“当我看到他们在舞台上表演的时候，我就问观众席中的同学，舞台上的表演唤起了你的阅读兴趣吗？孩子告诉我说：‘是。’因为以前觉得这些名著内容艰深，但看了表演就明白了，也想回过头来找书看。”敬一丹说，全民阅读唤起了人们很多的灵感，不同年龄层的读者可以通过不同方式参与其中。

对于“因书结缘”这4个字，敬一丹有着深切的体会。今年5月8日，敬一丹来到江苏南通师范附属第二小学（下称“通师二附小”），和孩子们分享读书之乐。当天是这所南通百年名校第22届读书节闭幕的日子。今年读书节期间，通师二附小的孩子们精心制作了一个个造型各异的漂流书箱，将自己精心挑选的书放置其中，供同学们分享阅读。敬一丹被这些精美的创意书箱深深吸引，她情不自禁地想起远方的红丝带学校。她向校长陆红兵提出，能否将这些书漂流到红丝带学校，让那些渴望学习、追求知识雨露的艾滋病患儿也能感受到阅读的快乐和关爱的温暖。于是，在敬一丹的牵线下，通师二附小的孩子们制作了3个书箱，用心挑选自己最喜欢的一本书，一笔一画地在书的扉页写上自己的阅读心语，并精心设计制作了祝福卡，与远方的小伙伴相约：共读好书，共享书香。通师二附小三年级256名学生共捐出280本图书。5月26日，这些书箱抵达红丝带校园，渴求知识的孩子们从书箱里取出一本本书，兴致盎然地阅读起来。敬一丹拍下这些画面，用微信传给陆红兵：“书很好看，孩子们很开心。谢谢你们！”

“与读者产生共鸣是我最期待的”

目前，敬一丹已经出版了7本书，有不少内容都是来自于她在央视工作时主持的节目。对于“媒体人”这3个字，敬一丹有自己的诠释和理解。

在敬一丹看来，媒体人就是职业的沟通者。现在沟通方式那么多，但是人与人之间的隔阂、障碍却并没有减少，所以现在媒体人的记录、传播都是这样一个目的，让所有人能够彼此沟通。

敬一丹说，自己写作也是为了沟通。她曾经出过一本书《声音》，书中的内容来自央视节目《焦点访谈》。她从节目组成千上万的来信中选择了100多封，编成了这本书，这些信的内容覆盖了上世纪90年代后期中国的社会热点和焦点。这本书的副题叫“一个电视人与观众的对话”。敬一丹说，如果自己不是媒体人的话，是听不到这些来自于各个角落的声音的。“每封信送到我们办公室的时候，我都在想这封信经历了什么。有的信封落款特别长，比如某某县某某乡某某村村民小组。”所以，敬一丹深深地觉得，这些难得的声音仅仅听到是不够的，作为媒体人，她要传播这些声音，把这些弱者的声音放大。“放大弱者的声音、传播智者的声音，这是媒体人的本分。”敬一丹如此表示。

虽然现在退休了，敬一丹仍然践行着媒体人的职责和本分，只不过她换了一种方式，那就是写作。敬一丹说，工作时通过镜头、话筒和大家沟通；退休以后，通过文字和大家沟通。本着媒体人的记录意识，她和大学同学们一起创作了《我：末代工农兵学员》一书，通过记录那个年代大学生的学习生活，向现在的年轻读者展现一个不同的青春。而《我遇到你》中的你，既是指敬一丹的职业平台、她喜欢的栏目，也是指遇到的充满变化的时代，还有采访中各种各样的人。当她离开职业这个角色的时候，这些曾经的沟通都让她特别珍惜，最后沉淀下来的内容，她就写在了这本书里。

敬一丹期望，通过写作展现一个电视媒体人眼中的种种社会变化，能让读者产生共鸣，“这就是我期待的作者和读者的关系”。

“‘感动中国’人物值得尊敬”

这是一个传媒剧变的时代，敬一丹对这种变化有切身的感受。她在访谈现场问大家：“你们现在还看电视吗？”说完，她自己都说：“我是没有信心问这句话的，你看他们都在摇头。”从原来一家人围着大屏看电视，到现在变成个人手持小屏看节目，看节目的方式变了。但敬一丹觉得，好的节目不管传播方式怎么变，还是受大家欢迎的。

敬一丹在现场特别推荐了央视的《感动中国》节目。退休后，她还一直主持这个节目。“不是说这个节目需要我，是我太需要这个节目了。不是说这个节目做得有多好，是这个节目中的人太值得尊敬了。”敬一丹说，《感动中国》里的人物是能够让人有信心的。她促成捐书的山西临汾红丝带学校校长郭小平，就是2016年度“感动中国”人物。“像郭小平这样的人，我每次跟他接触，都会觉得尽管生活中有那么多的阴影、不如意，但是这些人都能让你对生活产生信心、对未来充满信心。”敬一丹说，她也希望白岩松赶紧找一个年轻搭档，“但他没找到之前，我就在这儿盯着。即便以后我离开了，我也是这个节目最忠实的观众”。

现在《朗读者》《中国诗词大会》等文化类节目特别受欢迎，敬一丹也很推荐这类节目。以前她觉得朗读、朗诵比较小众，其实朗读、朗诵潜在存在于民间，而一旦有这样的品牌节目，就会引导、激发很多人喜欢上朗读和朗诵，而且在朗读和朗诵过程中从内省的状态变成了外在的状态。“我读的时候是自己在理解，朗诵的时候是在跟别人沟通，这样的理解好像也更丰富了，它带动了阅读。”敬一丹认为，如果没有全社会对于全民阅读的大力推动这个大背景的话，朗读、朗诵也不会像现在有这样的热度。她说，之前自己朗读、朗诵比较少，因为工作更多偏向于新闻。朗诵艺术家虹云曾经批评她说的都不是艺术语言。“虹云老师的话提醒了我，我慢慢地跟着这些朗诵家前辈一起学习朗诵，在这个过程中，我确实感受到艺术语言对我的熏陶，尤其是对于阅读的带动。”现在，敬一丹也开始参加一些朗读、朗诵类的活动，今年世界读书日前夕，她还参加了在人民大会堂举行的“和你一起读世界”世界读书日朗诵会。

谈及下一步的写作计划，敬一丹说自己写书都是有感而发，“但是我觉得退休以后太怀旧了，我才 62 岁就这么怀旧，等到七八十岁的时候怎么办呢？所以我想要不要克制一下怀旧，先干点别的。”

悟语

其实朗读、朗诵潜在存在于民间，而一旦有这样的品牌节目，就会引导、激发很多人喜欢上朗读和朗诵，而且在朗读和朗诵过程中从内省的状态变成了外在的状态。我读的时候是自己在理解，朗诵的时候是在跟别人沟通，这样的理解好像也更丰富了，它带动了阅读。

——敬一丹

（2017 年 6 月 9 日《中国新闻出版报》）

中国印刷业的前世今生

文 / 郝天韵

嘉宾： 中国印刷博物馆馆长　孙宝林

主持： 河北省廊坊电视台　郝钢

在中国，一提到印刷，首先想到的便是中国四大发明之一的“中国印刷术”，因为这是中华优秀传统文化永远不会褪色的名片。

印刷术作为中国四大发明之一，对人类文明的发展作出了巨大贡献。那么，我们如何把这个文化遗产留下来？在全民阅读“红沙发”系列访谈中，中国印刷博物馆馆长孙宝林给出了答案。

传播悠久印刷历史

“在印刷业界，早盼着我们建立一个印刷博物馆。那栋楼不高，但我们努力将它打造成文化地标。”孙宝林自豪地说。历经 21 年风雨的中国印刷博物馆，记录了中国印刷业的前世今生。孙宝林介绍，坐落于北京市大兴区黄村的中国印刷博物馆建筑面积约 8100 平方米，展厅占到 5000 多平方米，共设立 4 个馆。其中，第一层为古代馆，介绍从文字的产生到竹简木牍；二层是近现代馆，主要介绍现在的印刷机，也包括铅印、石印等印刷技术；第三层主要利用 AR、VR 等新技术，呈现出印刷术与现代科技的完美结合；第四层为设备馆，搜集并展示百年来 112 台在国内外有代表性的印刷机，因而中国印刷博物馆被称为“世界上最大的印刷专业博物馆”。

2017 年 6 月 1 日，中国印刷博物馆迎来了 21 岁生日，然而中国的印刷术可以说是历经千年。“到今天，印刷不仅仅是一门技术，更是一种文化，对中国优秀传统文化的传承和发展是非常重要的。”孙宝林说，中国印刷博物馆作为一个公共文化服务机构，传承传统文化是职责所在。

据孙宝林介绍，作为印刷行业的专业馆，中国印刷博物馆现在的定位是对印刷文化的传承和传播。“印刷文化离不开设备、材料等物质资源，是建立在这些设备、材料之上的，有物质的，还有非物质的。”

作为本届书博会的重要组成部分，由中国印刷博物馆承办的“中华印刷之光”展区吸引了大批观众。这里展出了中国印刷业的“前世今生”：西汉帛书《老子》复制品、竹简《孙子兵法》、元代农学家王祯设计的木活字转轮排字盘模型、敦煌莫高窟藏经洞内出土的敦煌卷子《辩亡论》复制品、古代日本和韩国用汉字印刷的图书、明代早期印刷的纸牌、北宋“济南刘家功夫针铺”广告铜印版、北宋纸币“交子”印版、山西省临汾市刻印的木版彩色年画《老鼠娶亲》、印刷术传往海外的示意图、抗战时期印刷《晋察冀日报》的“马背上的印刷机”、利用数字印刷技术印刷的第一本图书和第一张报纸……这些展品向观众一一呈现了我国悠久的印刷出版文化和对世界文明的巨大贡献。

世事沧桑数百年，物换星移几春秋。千年的中国印刷文化浓缩在中国印刷博物馆里，并通过现代的技艺向世人呈现出来。“如今，对印刷文化的呈现不能仅停留在展览、展示方面，还需要做很多开拓性工作，中国印刷博物馆也正在着手打造更大的发展空间。”孙宝林认为，要想把印刷文化传播开来，除了专业化，还要加上大众化；除了知识性，还要有趣味性。

古老文化融合现代智慧

“单纯地去展示，还不足以把这种传统文化传承发展，还需要做很多实际性的工作，能够让更多的人包括孩子亲身体验是很重要的。”孙宝林在访谈中提到，互联网条件下，体验互动是一个重要的方面。古老的文化要想与当下的文化结合，形式上结合也是必须要做的。“我们试图从一个普通观众的角度来理解印刷，理解古老的四大发明，让它焕发出新的生机和活力。”

4 月 19 日，2017 北京市中小学生“博物馆之春”活动启动仪式在中国印刷博物馆举行，来自北京印刷学院附属小学和北京市大兴七中的师生在这里举行实践活动。“同学们，我国的印刷术历经千年，从雕版到活字，从泥活字到铅活字，从激光照排到数字印刷，中国印刷术的发明、发展和应用，无不浸透着中华民族为了文化传承而倾注的智慧和汗水。”活动当天，北京印刷学院附属小学教师王建平给学生们讲授公开课《走进印刷文化》。除此之外，荣宝斋国家非物质文化遗产木版水印现场表演，小小印刷匠、小小造纸匠等异彩纷呈的实践活动令在场的学生们兴奋不已，让他们在这里学到了很多课堂之外的知识。

“孩子们都很兴奋，在听课的同时抚摸博物馆进门大厅里硕大的、造型夸张的反写汉字，还在涂色等活动中体验‘印刷’，无形之中，古老的文化就与孩子们内心世界结合起来了。”作为承办方，孙宝林介绍说，活动的主题为“传承中华文化，做自信中国人”。

除此之外，书博会上的印刷体验比比皆是。记者了解到，“中华印刷之光”展区特别增加了国家级非物质文化遗产武强年画的展示，并特设了儿童互动体验区，孩子们可通过给年画图案填色、印刷武强年画等方式，体验武强年画的奇妙印刷过程。

“如何把我们古人留下来的智慧和当今人民的生活相结合，是我们当今发展的重要方向。”孙宝林感慨道。

绿色印刷推动全民阅读

无论是在中国图书发展史上，还是在古代出版史上，印刷都占据极其重要的地位。在孙宝林看来，印刷和出版紧密相连。“没有印刷，就没有后来的出版。”孙宝林说，在中国印刷博物馆里，能够找到出版的根源。

近日，国家新闻出版广电总局印发的《印刷业“十三五”时期发展规划》中明确提出，到“十三五”末，绿色印刷产值占印刷总产值的比重超过 25%，数字印刷的年复合增长率超过 30%。数据显示，“十二五”期间，我国印刷业总产值由 8677.1 亿元增长到 11246.2 亿元，年平均增长率为 7.9%，整体规模居全球第二位。

“印刷是站在出版文化源头上的，为出版社做好出版给以源头上的支持。”在孙宝林看来，出版社是为读者服务的，是全民阅读的推动者。而绿色印刷，更是出版社推进全民阅读的“第一干将”。

孙宝林介绍说，如今的中国印刷博物馆还增加了绿色阅读平台，这在其“中华印刷之光”展区中也有所呈现。“绿色是我们的未来，使用无害的油墨进行的绿色印刷虽长路漫漫、困难重重，但那是我们一定要坚持和坚守的。”孙宝林说。

适逢书博会，孙宝林还带来了武强年画中的“鸡年大吉”图案的雕版，在“红沙发”访谈现场为观众演示了雕版印刷。具体步骤如下：先在板子上涂上水墨，再把宣纸铺在上面，然后刷直。板子放在台上叫“印”，刷完墨以后，放上纸才叫“刷”。

“印刷、印刷，‘印’和‘刷’就是这么来的。”孙宝林向在场观众介绍道，因为雕版质地较密，刻上字后字的笔画比较细，这样可以保持它的形状，这个板子在古代大概可以刷 5000 张却还不坏。如果用得节省一点，刷 8000 张甚至 1 万张也是可以的。“这充分体现出了劳动人民的智慧。”孙宝林说。

此外，孙宝林还带来了 1980 年第一次举办书博会（当时称为全国书市）时的一本书的腰封。“如果按腰封来说，它的历史还是比较长的。”孙宝林介绍，这个腰封记载了 37 年、26 届书博会的历史，更为现场观众提供了值得珍藏的记忆。

悟语

到今天，印刷不仅仅是一门技术，更是一种文化，对中国优秀传统文化的传承和发展是非常重要的。

如今，对印刷文化的呈现不能仅停留在展览、展示方面，还需要做很多开拓性工作，中国印刷博物馆也正在着手打造更大的发展空间。

——孙宝林

（2017年6月9日《中国新闻出版报》）

传播知识　传承文化

文 / 袁舒婕

嘉宾：高等教育出版社社长　苏雨恒

主持：河北省廊坊电视台　郝钢

“努力承担起一个民族的优秀传统文化的传承，努力传播知识和科学技术，这是出版机构的社会责任，也是出版机构生存的价值和意义。”此次全民阅读“红沙发”系列访谈中，高等教育出版社（下称“高教社”）社长苏雨恒聊起自己所从事的工作滔滔不绝，聊起阅读这个话题更是兴致盎然。

苏雨恒倡导大家系统性地阅读经典，而不是局限于在线的数字化阅读：“只是快速在线浏览会带来种种弊端，没有系统阅读，你可能什么都知道一点，但无法形成体系，这对培养人的思维是受限的。”

坚持社会效益放首位

人们都知道，一本好书对年轻人能够起到非常好的引导作用，对于出版机构来说，出好书是其应该承担的一份社会责任。苏雨恒说："我们出版人要想发展、壮大，就必须坚持出好书、出好产品。我们所做的工作就是通过字里行间、点点滴滴来传播文化，推广普及知识，从而为社会作贡献。"

在职业教育和普通高等教育领域，高教社数一数二。苏雨恒列举了一个数字，直观地说明了高教社始终坚持把社会效益放在首位：高教社每年出版发行的教育类图书大概有一万个品种，从经济效益来看，有一部分是赔钱的。

苏雨恒分析："如果仅仅考虑经济效益，我们可以只出版赚钱的品种，但从教育事业发展需要来看，不带来经济效益的品种同样在培养我国各项事业所需要的栋梁人才方面发挥了很大作用，因此我们觉得这部分也非常重要。"

在学术出版领域，高教社现在每年出版大概 300 种学术类的著作，这占高教社年出版新版书的 10% 左右。这些书既有很专业的内容，也有普及性的内容。苏雨恒表示："虽然学术出版基本上是投入大于产出，但我们也要坚定信心发展学术出版，这既是我们出版社的责任和使命，也是我们讲求社会效益的体现。"

迎接数字技术挑战

随着"互联网 +"时代的到来，数字技术对传统的出版产业以及人们的阅读习惯都产生了非常深刻的影响。在苏雨恒看来，在数字领域里，融合发展和产业转型升级这二者之间既有区别又有共同点。

苏雨恒进一步详细说明："融合发展主要指的是数字技术和出版业的内容资源建设融在一起，你中有我，我中有你，或者说你就是我，我就是你，这是真正高水平的融合。而转型升级是互联网技术和出版产业融合，对整个产业来说，就像活字印刷、激光照排技术一样，是具有革命性的，要进行的是生产技术、工具、平台、流程等的再造。"

在教育出版领域，高教社为了适应现阶段数字技术和教育教学的需求，将传统的纸介质教材出版变为纸介质和数字化的教学内容资源深度融合。苏雨恒说："过去我们往往一本书配一个磁带或光盘，还尝试在后台打造教学内容资源网站，如今我们更多的是通过二维码把纸介质和基于互联网的音像联系在一起。如今有了许多新技术，还能使内容实现立体化的呈现，便于更好地学习。目前，高教社较高端融合水平的出版物占全社出版品种数的 40% 以上，在某些学科专业，这个占比还要更高。"

在学术出版领域，目前高教社的学术期刊已经实现了全数字化，这让学术文章发表更及时，也让读者获取更便捷。下一步高教社还会下大力气去做学术的书刊联动。已经上线运营的学术书刊联动平台"学术前沿在线"，让学术数字化资源集聚工作快速推进，为科研工作者、教学人员提供了更加全面的服务，就是书刊联动迈出的一大步。

以教育出版、学术出版为主的高教社，同时大力发展在线教育业务，这构成了高教社"十三五"期间业务发展着力打造的三大板块。现在，高教社"爱课程"在线开放课程建设和运营取得可喜进展，"中国大学 MOOC 平台"选课人数及发放证书数大幅增长，地方在线课程学习平台建设与运营取得新进展。"智慧职教"品牌建设不断推进，已形成由智慧职教中心平台、云平台、云课堂、双创空间构成的多维应用体系及三级教学资源库、数学课程、新形态一体化教材、在线测评系统等构成的资源体系。

数字技术对出版业的影响虽然越来越大，但未来究竟如何发展，苏雨恒觉得这是一件谁也说不清楚的事。苏雨恒回忆，2010 年后，特别是在 2012、2013 年后，全世界范围内很多人都预测传统出版将终结，也在谈伦纸质图书的消亡，但他当时就说不能够预判传统图书的消亡或者传统出版的死亡。

苏雨恒认为，数字技术对于出版的影响与挑战是革命性的，在线出版、在线阅读、在线学习等总体上会呈现增长和发展的态势，这无可置疑，但短期内传统出版不会消亡，而且还有一个相当长的并存时期。“这并不意味着我们就固守传统出版领域，我们需要做的是适应变化和积极应对挑战。”

“我今天仍然是这个观点，纸介质图书和基于互联网的在线资源将有一个相当长的并存时期。但是我们也必须承认，今天人们所讲的图书，已经不是 20 多年前讲的纸介质图书，也不是传统意义上的纸介质图书，而是一个和数字技术高度融合在一起的出版概念。”苏雨恒说。

架起文化沟通桥梁

作为国内唯一一家获得“世界知识产权组织版权创意金奖”的出版社，高教社在国家提出“一带一路”倡议的大背景下，在走出去、引进来方面做了大量工作，为世界优秀文化传入中国、中国优秀文化走向世界架起了一座座沟通的桥梁。

高教社在成立初期的 3 年里，有大约 80% 的出版物是引进的。改革开放以后，是高教社开展国际合作的全新时期。截至目前，高教社已经和 100 多个国家的 260 多家出版机构建立广泛的合作。

特别值得一提的是，高教社引进的不仅是原版作品的翻译，更重要的是在引进过程中通过改造实现本土化。苏雨恒说："我们就是让国外的资源，比如先进的教育理念、教学内容资源等为我所用，把它改造以后吸收到国内编著的一些出版物中作为素材。"也正是这一点一滴的吸收，使得高教社的出版物的素材越来越丰富。

在走出去方面，高教社已经遍地"开花结果"，不过他们秉持着这样一种观点："我们不仅仅是一个单品种的原版书，更重要的是根据目的地国家的文化、宗教、生活习俗和社会制度，为这些目的地国家量身打造，也就是所谓的开展定制出书。"

苏雨恒举例说，高教社为泰国的基础教育、职业教育专门研发了中小学体验汉语教材，这些教材被泰国教育部列入推荐目录，就像我们的中小学订教材一样。如今泰国每年都有几十万学生使用高教社的教材，这些教材根据泰国的文化、宗教、社会制度来编制。苏雨恒表示，高教社在其他国家也是这样做的。

悟语

努力承担起一个民族的优秀传统文化的传承，努力传播知识和科学技术，这是出版机构的社会责任，也是出版机构生存的价值和意义。

我今天仍然是这个观点，纸介质图书和基于互联网的在线资源将有一个相当长的并存时期。但是我们也必须承认，今天人们所讲的图书，已经不是20多年前讲的纸介质图书，也不是传统意义上的纸介质图书，而是一个和数字技术高度融合在一起的出版概念。

——苏雨恒

（2017年6月9日《中国新闻出版报》）

CHAPTER SIX

第六辑

开展阅读活动　共筑文化强市

文 / 刘梦琦

嘉宾： 天津市新闻出版局党组成员、副局长　梁淳久

天津市新闻出版局印刷发行处处长　车廷毅

近年来，天津市委、市政府一直大力推动全民阅读，天津市新闻出版局两位嘉宾还专门围绕如何积极引导“书香天津”建设这一话题展开了探讨。

积极建设阅读阵地

党的十八大以来，以习近平同志为核心的党中央高度重视全民阅读，“全民阅读”已经连续 4 年被写入政府工作报告。天津市新闻出版局按照

市委、市政府要求，充分发挥部门职能作用，为营造书香天津作出努力。

梁淳久认为，阅读是一座城市增强凝聚力、提升文化品位、发展创新活力的重要源泉。所以，倡导阅读，推广阅读，也是政府义不容辞的责任。为此，天津市成立了全民阅读工作领导小组，小组成员由18个单位组成，依托成员单位、行业协会广泛组织开展形式多样的阅读推广活动。同时，大力推进全民阅读服务平台建设，近年来天津共建立了3599个农家书屋、200个城市书吧，组织开展实体书店扶持工作，完善市区两级图书馆、职工书屋、社区图书室建设，为全民阅读搭建方便、实用、快捷的服务平台。比如河北区巷肆创意产业园周边的市民就可以到问津书院来读书，这是天津市优秀示范城市书吧之一。

天津市委、市政府还拨出专项资金扶持各类实体书店的发展，完善这些阅读阵地的硬件设施建设，为广大读者提供了一个很好的阅读环境，大家可以到书店去看书，感受书香。

梁淳久表示，实体书店无论是国有的还是民营的，都是重要的文化活动场所，同样承载着中华民族传统文化，包括社会主义核心价值观、主流文化的传播。今年，天津市扶持民营实体书店专项资金总额达500万元。

对于“书香天津”的建设工作，梁淳久谈道，下一步天津市新闻出版局将按照市委、市政府关于全民阅读工作的安排和部署，在以下几方面展开推动：一是在完善机制形成体系上下功夫，强化主体责任，完善阅读的公共服务体系建设。二是制订下一步加强和改进出版工作计划，特别是要适应“互联网+”的形势，注重培养传统纸质阅读习惯，以适应新媒体发展。三是在创新阅读推广方式上下功夫。针对不同的人群，开展探索有效的途径，包括利用“津云厨房”、北方网做阅读推广。

梁淳久表示，推动全民阅读是全社会的共同责任，市新闻出版局将全力以赴，努力营造“政府引导、社会参与、业界支持、媒体配合、读者受益”的全民阅读良好氛围。

阅读活动贯穿全年

车廷毅说，在2015—2017年，天津以“文化惠民、阅读共享”为主题举办春季书展，邀请全国好社名社汇聚津门，集中展示展销主旋律图书、经典图书和大众喜爱的优秀出版物。冯骥才、梁晓声、安武林、顾保孜等文化名人都来参加文学讲座、阅读分享、新书签售等书展系列活动。书展还推出一系列文化惠民的措施，如打折促销、赠送电子书券和手机流量，在现场向读者发放2万—3万张惠民购书券，鼓励市民多读书、读好书。天津的春季书展已经成为文化惠民、推动全民阅读的一种重要方式。

“今年8月开始，天津读书月的系列活动内容在‘书香中国万里行·天津站’的启动仪式上已经公布。”车廷毅说。今年的读书活动近130项，涵盖经济、文化、生活等类型。天津市全民阅读工作领导小组各成员单位、各区将结合各自实际，开展优秀出版物展示展销、文化讲堂、好书推荐等活动。

天津市区两级图书馆举办的“海津讲坛”“问津讲坛”“西岸文化讲坛”系列文化讲堂，市民读书分享论坛、“书香之家”读书成果分享会、读书会阅读推广交流会等系列阅读论坛，还有“津城阅读之星”、大学生“悦读之星”、“书香之家”、“微书评”评选征集等一系列品牌活动，都充分发挥了示范效应。车廷毅介绍，包括来参加“红沙发”系列访谈活动的很多天津市民都是阅读活动的铁杆粉丝，“我刚才来的时候看到大家这么热情也非常受感动，像这样的活动从政府层面我们要多推广，也希望媒体多进行宣传”。

车廷毅认为，天津市新闻出版局举办的所有阅读推广活动全部面向基层，体现为民服务的情怀，这些活动的举办频率都非常高，活动资讯通过天津市局和各区图书馆的网站读者都可以查阅。他觉得大家在读书时不仅仅能获取知识、涵养精神，更是在鼓舞读者。

车廷毅表示，市新闻出版局还关注到特殊人群对于全民阅读的现实需求，在特殊群体的阅读推广方面也组织了很多活动。市、区图书馆专门提供盲文出版物，给视障读者讲书，还配有为特殊群体服务的志愿者。特殊群体的阅读也是全社会很关心的一项重要内容，随着全民阅读活动的深入开展，这方面的阅读活动也会越来越多。

（2017 年 8 月 11 日《中国新闻出版报》）

书香无处不在

文 / 刘梦琦　张席贵

嘉宾： 百花文艺出版社副总编辑　沈海涛
天津图书馆辅导部主任　叶卿
天津市风神汽车销售有限公司总经理　王家梅

沈海涛、叶卿、王家梅，他们的身份不同，但他们有一个共同之处，那就是爱书，愿意为带动更多的人阅读、促进全民阅读贡献一份力量。

回归初心服务读者

在出版行业有句玩笑话：不要和编辑较真。无疑，编辑在整个出版环节的作用至关重要。2016 年全国出版图书品种约 50 万种，在纷杂的图书市场中如何做出一本有质量的好书，是每家出版社都需"较真"的问题。

沈海涛认为，出版社的作用就是为读者在选书上把好第一道关，挖掘优质的内容奉献给大家，这就是一家出版社在全民阅读推广工作中的首要任务。百花文艺出版社出版的《小说月报》从创刊到现在是发行量较大的文学期刊，因为它贴近老百姓，这是出版人始终要坚持的。

他表示，如今处于媒体的变革时代，电子阅读势不可挡。但出版社生产的纸质书是有温度的，出版社要更加关爱和服务读者，如果读者遇到不方便了，出版社就应该设法让读者方便。“比如很多中老年读者对《小说月报》很信赖，但他们随着年龄的增长，视力下降，读书会比较吃力。于是我们就在今年 1 月正式创刊了《小说月报》大字版。”

推动全民阅读需要满足不同年龄层次的读者。为了吸引更多年轻读者，百花文艺出版社也在致力制作有声读物。沈海涛说：“大家可以开着车，做着饭，或者眼睛累了的时候听听书。还有舞台剧、电影电视 IP 的开发，包括今年即将举办的第 17 届百花文学奖，届时会请来很多知名作家到天津作讲座，与读者畅谈阅读心得。我们出版单位应该多元创新，让读者享受到更好的阅读体验。”

建没有围墙的大学

近几年，天津图书馆在充分利用自身图书馆阵地开展丰富多彩的读书活动基础上，还带领着全市 20 个区图书馆共同开展了覆盖全市基层的阅读推广活动，把文化惠民落到了实处。“2016 年开始，逐步实现市、区图书馆互联互通，只要办一张借书证，就可以在全市的图书馆借书、还书。”叶卿说。在此基础之上，天津图书馆还增设了海河教育园区分馆，助力高校师生的专业阅读。

叶卿说，天津图书馆作为全民阅读的重要主阵地，已经连续举办了6年“书香满津城·悦读惠万家”读书节活动，面向全市的读者，除了以往的知识竞赛、演讲等常规方式之外，还采取朗诵、市民论坛等新的活动形式来赞美读书，分享读书的感悟。还开设了市民科普课堂，讲大家身边生活中的点点滴滴。人们都说图书馆是没有围墙的大学，天津图书馆就是通过市民科普课堂来进一步完善图书馆社会教育的职能。

天津新闻广播的主持人孙阳介绍，天津图书馆的品牌活动“海津讲坛”拥有很多忠实的粉丝，有一个70多岁的老先生每次听课都会认真记笔记，并且经常约上家人一起来听。如果谁有事不能来，他就把记的笔记带回去和大家分享。

叶卿说：“这样的故事数不胜数。有的读者从第一期讲座到现在，整理了一个完整的档案资料，包括与每一位讲座嘉宾的合影，甚至能如数家珍地说出每一期都请的是哪位嘉宾、嘉宾讲了什么，这些反馈让我们觉得能参与推广全民阅读是一件特别光荣的事情。”

阅读聚力企业文化

在天津市风神汽车销售有限公司的客户服务区，有一间浮香书屋，车主可以随意阅读，如果遇到喜欢的图书也可以直接带走。这是公司总经理王家梅为提升员工素养、服务客户读者的成功创举。

王家梅说：“在这样一个有墨香的氛围里，通过书籍将客户和员工从精神层面紧密地联系到了一起，让大家找到了一份亲近感，客户也找了一种归属感。与此同时，我们还以书为媒介、以书会友，在提升员工销售业绩方面也有一些潜移默化的作用。”

王家梅介绍，有位客户在维修保养的过程中，看上了一本他非常喜欢的书，店里便决定送给他带回去品读。令王家梅意想不到的是，这位客户在下次来给车做保养的时候，带了很多书来捐赠，“而且这些书他都看过，书中也都做过标记，他说希望分享给更多的人去看，让更多的人受益。有了越来越多这样的事例，我们 4S 店就也成为一处全民阅读推广阵地”。

（2017 年 8 月 11 日《中国新闻出版报》）

阅读是点亮市民心灵窗口的灯光

文 / 刘梦琦

嘉宾：南开大学文学院教授、南开大学出版社总编辑　刘运峰

《今晚报》副刊部主任、问津书院运作人　王振良

16 岁就来到天津的刘运峰说，他在天津待了 38 年，深深觉得天津是一座多元化的城市。而且他待的时间越长，越感觉天津很有底蕴，文化积淀很厚重。但是这些需要大家去总结、去提升。比如从买书的环境来讲，天津还是有得天独厚的条件。天津有很多旧书店、旧书摊，特别是古文化街附近，书摊品种很多，品位也很高。比如很多关于天津历史名人的书，蔡元培、李鸿章、李叔同……这些人跟天津都有着很深的渊源，大家要从读书做起，先研究、后传承。

刘运峰获得过“全国书香之家”称号，个人藏书 2000 多册，他家中有专门的柜子装“津味”文化的图书。“问津文库”“天津记忆”系列，包

括天津各大出版单位出版的关于本土历史人物的书，都在其收藏之列。

读书该是生活方式

对于宣传天津旧书摊的文化，王振良特别支持。他说："我大概逛了20多年的旧书市场，对老的书店、旧的书摊有着特殊的感情。曾有份天津市政协委员的提案里也提到过，就是在天津要注重保护传统文化，要多支持民间的旧书市场的发展。他希望我们所处的大街小巷随处可见书香的氛围，认为老的书店、旧的书摊承载着天津市民的阅读记忆，或者说是一种阅读的习惯。"

作为一名教育工作者，刘运峰格外关注读书育人。读书，自然是需要书店的文化氛围。刘运峰表示，每次到外地，不管是国内还是国外，他不会去关注那些自然的景观，"因为我对自然景观有些麻木，更多的可能是看人文的景观，而且最乐意逛的是书店"。今年7月23日刘运峰去银川出差，当天已经很晚了，出租车又特别难叫，他决定走回酒店，于是就误打误撞走进一个小巷子，里面还亮着灯光，原来是一家书店。他觉得特别兴奋，那已经是晚上11点了，街上行人甚少，可书店老板还在坚守。那个店面积不大，但是书的品位很高，他们几个人干脆在里面看了几个小时，买了几本书，他感到特别知足。

刘运峰还给读者分享了一个买书的小故事。他说，去年在日本买了一套精装本《源氏物语》，10本，烫金的，才花了不到2000日元，什么概念呢，就是不到120元人民币。这真是不可思议。逛书店也是一种享受，可以在不同的国度、不同的地域感受到不同的文化氛围。

他说："我 16 岁就来天津，上夜校、上补习班，参加高考，直到进入大学读书。现在回想起来，之所以由一个学徒工能够到大学做一名教师，我觉得还是阅读改变了我的命运。但是，阅读的真正意义是什么？阅读让我们变得充实，变得沉静，变得有定力，让我们的生活变得更加丰富。"

刘运峰呼吁，阅读应该成为大家生活里的一部分，成为一种生活方式。阅读没有止境，只有让城市中的每一个家庭都有书的香气，这座城市才是有魅力的城市，城市中的家庭才是和谐、温暖、充满正能量的家庭。

读懂天津留住乡愁

作为《今晚报》的高级编辑，王振良认识很多研究天津历史文化的专家、学者。每每在约稿之际，他总是真诚地邀请各位作家集结于问津书院，分享研究成果。

他说，从 2014 年 8 月第一本"问津文库"的出版，到现在 3 年时间内已经推出了 57 个品种，共 60 多册，我们把这些天津历史文化研究的成果，通过纸介质留存下来，并且通过各种渠道免费向市民赠阅，其目的：一是为了宣传天津，挖掘天津历史文化；二是让读者来阅读有关天津人文历史的文本，让更多的人了解天津、热爱天津这座城市。

王振良认为，要想为广大读者普及天津历史文化，就要抓住天津历史高端的研究者，将他们的研究内容出版成书推荐给大家去看。如果专家的成果都在书斋里放着，也不利于城市文化的弘扬与普及。无论是讲座、论坛，还是出版物，都要服务最基层的老百姓，如社区居民、中小学生、农民工子女等，吸引更多群众去了解“津味”文化。

王振良认为，阅读是点亮市民心灵窗口的灯光。阅读功效虽然无法单纯地量化，但是它真的在净化人类心灵，对推动社会和谐作用非常大。他呼吁社会各界给予文化志愿者更多的关注。

（2017 年 8 月 11 日《中国新闻出版报》）

字圣故里　溢满书香

文 / 韩为卿

嘉宾：漯河市委书记　蒿慧杰

中国新闻出版传媒集团总经理　李忠

漯河市文化旅游发展工作领导小组常务副组长　张社魁

河南漯河，一个钟灵毓秀、泛舟轻歌的北方水城；漯河，一个历史悠久、文化灿烂的中原古城……4 月 21 日，借助世界读书日的契机，“书香中国万里行·漯河站”活动启动。漯河浓郁书香浸润着市民，访谈第一场的嘉宾生动地回答并解读了漯河这座书香城市是怎样建成的。

“顶层设计”为书香城市奠基

近年来，漯河市委、市政府按照“弘扬社会主义先进文化，充实人民的精神世界，增强人民的精神力量”要求，在书香漯河建设上采取了一些措施，有了一些成效。

漯河市委书记蒿慧杰介绍，漯河主要工作可以概括为“四个注重”：第一，注重顶层设计。市委、市政府专门出台了《书香漯河建设全民阅读实施意见》，对指导思想、基本原则、目标任务、重要措施都做了比较详细的设计，这对书香漯河建设和促进全民阅读起到了重要指导作用。第二，注重完善服务体系。这些年漯河在图书馆、文化馆建设等方面加大了投入，投入3亿元建了市图书馆和70个公共图书馆、1300多个农家书屋，并且让县区、乡镇、社区、学校和市里的图书馆互联互通起来，在全省较早实现了互联互通，方便了群众阅读。同时，还依托农家书屋和职工书屋，引导广大的工人、农民广泛开展阅读活动。第三，注重打造阅读品牌。依托一些传统节日如清明节、端午节，开办中华文化经典诵读活动，这项活动现在已经有了一定的影响。第四，注重营造浓厚氛围。主要是建设公共阅读服务平台，如成立读书协会，通过协会请一些有研究和造诣的学者到漯河来讲课，推荐好书，和大家交流阅读的心得体会。

蒿慧杰表示，漯河市不但出台了一些政策法规、便民举措，还加大了书香城市建设的资金投入。“要建书香城市，要推进全民阅读，就要舍得投入，这几年我们投入3亿元建了市图书馆和公共图书馆，还有一大批农家书屋和职工书屋。各个单位也建了图书室，投入也比较大。仅去年一年我们在市重点文化惠民工程方面就投入了1000万元。”

蒿慧杰说，在宣传上，漯河把精神文明建设和弘扬全民阅读风尚紧密结合起来，成为文明创建的一个重要抓手，有力激发了全民阅读热情和文明创建积极性。

历史文化积淀释放热情和动力

中国全民阅读媒体联盟秘书长、中国新闻出版传媒集团总经理李忠与联盟记者团走过不少书香城市，他谈到了初到漯河的三点印象。一是自然生态之美；二是历史文化之美；三是人文素养之美。

李忠说，漯河拥有8000多年的灿烂历史文化，第一部字典《说文解字》的发源地正是钟灵毓秀、山清水秀的漯河市。“通过与漯河市领导和媒体朋友接触，会明显感觉到他们的与众不同，“君子之交淡如水”，一杯清茶促膝而谈，他们身上少的是烟酒气，多了一份文化涵养之美。漯河还有一个职业学院，坚持10年诵读，在人文素养方面，我感觉到这个城市的市民非常好。”

李忠表示：“蒿慧杰书记提到漯河市能够花大把资金来建设书香城市，作为一个经济比较繁荣的、充满活力的中部地区城市，党政领导干部能够重视读书，重视建设书香城市意味着什么？意味着这个城市充满了思想文化之美、创新创造之美。漯河的明天，作为书香之城、创新之城会更美好！”

漯河市文化旅游发展工作领导小组常务副组长张社魁则从漯河的历史入手，谈了自己的看法：漯河是字圣许慎的故里，许慎作为东汉时期著名的经学家、文字学家，他编撰了中国第一部字典《说文解字》。“正是由于《说文解字》的诞生，使读书成为一种可能。更重要的是，由于汉字的连接，使中华民族大家庭永远凝聚在一起。因此，许慎的贡献可以说非常大。”张社魁表示，漯河市委、市政府高度重视，投资建造了许慎文化园，文化园现有藏书3万多种。从2005年开始，每5年或者3年举办一次许慎文化国际研讨会，今年已经是第四届。全国有 40 多所大专院校，包括南开大学、北师大、北语大等都在这儿开辟实践基地。全世界有 100 多个国家和地区的汉字爱好者来漯河参观、拜谒、游学。“今后，许慎文化园还要建 4 个中心：一个是资料中心，一个是研究中心，一个是推广中心，一个是文化旅游中心，现在这 4 个中心基本上有了雏形。漯河已经形成了以许慎文化为特色的全民阅读热潮。”

李忠认为，漯河在书香城市建设方面，10 多年来默默努力做着扎实深入有效的工作，大量的汉学家、传统文化爱好者络绎不绝地从全国各地、世界各地到这儿来“朝圣”。“有一句话，酒香不怕巷子深，我们既要请进来，还要走出去。我们将充分挖掘许慎文化，挖掘书香城市在漯河践行的成功案例，让许慎文化和漯河文化在全国、全世界传播得更广、更深入。”

“六进”让全民阅读真正接地气

蒿慧杰表示，对于建设书香城市的“六进”，即进社区、进农村、进企业、进机关、进学校、进家庭，漯河做了一些探索，形成了自己一些独特的东西。“在调研中我们发现，进农村、进社区首先要解决的问题是没资源、没书，特别是没好书和新书，管理很不科学，为此我们及时免费为他们的图书室更新图书，做好编目、分类。同时，对农村图书管理员进行综合培训，解决了没书读或者没好书读的问题和管理问题。我们有一个农家书屋叫三里桥，被评为全国农家书屋的示范书屋。”

蒿慧杰介绍，进学校主要是开展两项活动：一是经典诵读。这在大中专院校和中小学校非常普遍，对广大师生读书的兴趣培养起到了非常大的作用。二是学校图书馆和新华书店联合搭建了一个服务平台，学校教职工可以在这个服务平台建读者卡，通过读者卡选好自己想要购买的书籍，最后由图书馆来买单。

进家庭采取的主要措施是评选优秀读者和书香家庭。通过评选树立榜样，让大家觉得读书是一件非常自豪的事，从而激发人们内心想读书的欲望，形成一种思想自觉。

进机关方面，漯河市委、市政府每年会开出一些书单，包括党的历史、党的理论、党的政策，特别是马克思主义的最新成果。例如近期书单要求研读习近平新时代中国特色社会主义思想以增强“四个意识”，坚定“四个自信”，并且要学以致用，把读到的东西运用到实际工作中，变成推动经济社会发展的力量。

进企业方面，现在每个企业基本都有职工书屋。以此为载体，丰富图书内容，引导职工以书屋为阵地开展阅读活动。

书香城市建设绝对不是一日之功，全民阅读永远在路上。蒿慧杰认为，外地的一些好做法，要积极吸收，也要与时俱进实施一些新举措。

例如在完善机制方面，要做出比较好的制度安排，组织领导还要强化。项目化推进机制必须“精、准、细”。建设书香城市，每年要有实施方案、有任务、有结果、有责任人、有实施步骤，一步一个脚印地把工作推进向前发展。要有考评，好的表扬，差的批评。

再如，要打造品牌。这是漯河的一个成功经验，像中华经典文化诵读已经成为了一个品牌。下一步是怎么把这个品牌做得更亮，把它推向全国。

此外，还要营造氛围。全民阅读需要全民的支持和参与，让人人参与、人人受益成为常态。

（2018 年 5 月 2 日《中国新闻出版报》）

书香育人　泽被后世

文 / 韩为卿　吴明娟

嘉宾： 漯河职业技术学院党委书记　顾文明

漯河市中心医院院长　王海蛟

漯河第一高级中学校长　王海东

分享漯河文化、书香机关和书香校园建设的经验，漯河职业技术学院党委书记顾文明、漯河市中心医院院长王海蛟与漯河第一高级中学校长王海东就这一话题展开交流。

十年晨读与经典同行

顾文明介绍了漯河职业技术学院十年不懈坚持开展“晨读经典”活动，他说，因为漯河职业技术学院是高职院校，学生的特点是文化基础薄弱、自学能力较差。为全面提升学生综合素质，学校从 2008 年开始大规模组织开展“与经典同行”晨读活动，到今年已经开展整整 10 年，通过晨读经典，使学生不断积淀和传承中华优秀文化，完善自我，升华人格。

同时，为了提高经典晨读的质量和效率，学校还专门编写了校本教材《中国古典诗词选》，作为晨读经典的一个重要载体。为磨炼学生意志，学校把西点军校的管理理念注入“经典育人”学风建设中，为学校的书香校园文化注入新的风格与活力。目前已经形成了以应用外语与国际教育系为主体、面向全校的漯河职业技术学院“西点式”经典诵读训练营。

10 年的坚持，对于学校来说，最大的收获就是学校的办学实力、校园文化建设得到了社会各界的广泛认可，产生了一定的影响力。对于学生来说，10 年经典诵读让一批又一批的优秀毕业生走出了校门，在自己的工作岗位上崭露头角，事业有成。特别是近几年有近百名毕业生走出了国门，他们在国外工作的同时，也在积极传播中华经典国学文化，成为文化使者。10 年诵读一路走来非常不容易，之所以能够坚持 10 年，首先因为漯河是字圣许慎的故乡，有深厚的文化底蕴，这是地缘优势。其次除了把“西点精神”注入职业教育，学校还想了其他办法抓住学生的兴奋点。比如每学期的晨读训练营都进行阶段性汇报演出，通过古诗词吟唱、经典诵读、经典故事情景剧表演等多种形式展示国学经典之魅力，让学生们乐在其中。

“书香”是幸福而健康的味道

王海蛟介绍和分享了“书香医院”的建设经验与漯河市中心医院百年健康文化，他说，漯河市中心医院（漯河医专一附院）是一家拥有百年历史的医院，在创建之初就把读书与传道授业解惑、救死扶伤结合起来。如今回望医院百年，虽然历经战火洗礼、6 次更名易址，但是读书始终是贯穿其中的一种文化。经过100多年的传承，“厚德、博学、诚信、创新”成了医院的文化和全体员工的价值追求。其中博学就是指多读书。“读书支撑了医院100多年的发展，通过读书，培养了一代又一代的精诚大医，成就了一大批的品牌学科，使医院逐步发展成为豫中南地区医疗方面的‘明星’，成为国家三级甲等医院。”

王海蛟说，2016年是漯河市中心医院百年华诞，是值得回顾和总结的一个历史节点。院庆之年，站在新的历史起点上，深入、全面了解医院的发展历程是全院干部职工共同的心声。在编撰院志中，有件事令王海蛟深有感触，他说：“1924年，吴佩孚率军途经漯河，他的士兵因伤入住善济医院，也就是现在的漯河市中心医院，伤员得到了很好的诊治。当时吴佩孚非常感激，要拿出几千块大洋酬谢时任院长纪墨士。而纪墨士说，我们不需要钱，我们更需要的是书。后来，吴佩孚筹集了4000册书籍捐赠给了医院。这说明，在医院发展历史上，一直非常重视读书学习，厚重的院史中，崇文尚学的优良传统一直绵延至今。”

因为医生是终身读书和学习的职业，医院的书香就是幸福而健康的味道。为满足广大职工学习的需要，医院每年投资60万元，增加传统图书馆藏书。同时利用信息化技术，增加了电子图书馆、中英文图书馆，使职工在任何地点、任何时间都能够去阅读医学专著。为给患者创造良好的就医环境和读书环境，医院还在门诊二楼增加了很多图书角，既方便医院职工随时取阅、学习，也为患者和家属营造了安静、温馨的环境，用书香驱散他们对疾病的焦虑、缓解他们的紧张情绪。

另外，创新读书活动的形式。结合医学的学科性特点，医院今年还提出了一个“百人留学工程”，拿出1500万元，在3年内分批送医生去国外读书。通过博学、创新学习，促使医院在人才培养、学科建设、诊疗技术水平、学术水平、科教研一体化方面不断迈上新台阶。

显而易见，这种“读”与“学”的结合，从根本上提升了医院管理者、医护工作者的素养；这种你追我赶、明争暗赛的学习氛围是一缕别样的“书香”，愿它永远芳香四溢，萦绕在我们身边，伴随着医者的成长和医院的发展。

“毛毛雨”读书会锻造师德

漯河高中书香校园工程自 2008 年启动，至今已有 10 年。学校相继发放经典著作 5000 多册，主要目标是打造书香校园，引领全体教师从自身做起，养成浓厚的学习兴趣，培养一种积极的学习态度，探索科学的教育教学方法，促进教师的专业化发展，做导师型、智慧型教师。

王海东说，漯河高中书香校园工程共分三个阶段：第一阶段为读研阶段，第二阶段为读写阶段，第三阶段为展评阶段。读研阶段主要依托青年教师“毛毛雨”读书会，制订读书计划，让每位教师都与经典结缘，与名人对话，进行思想碰撞、理念创新。

读写阶段，就是在研读的基础上进行具体的写作。王海东认为只有把读、写这二者结合起来才能把学的东西和实际结合起来。其间，学校认真组织了读书心得交流活动和读书经验座谈会，让广大教师将读书心得和读书经验形成书面文字，广泛进行交流，认真进行互补。

在展评阶段，学校通过举行座谈会、培训会、研讨会、读书会、经验交流会等形式，让优秀教师做相关主题的讲解。可以说，通过书香校园工程，学校锻造了一支品德高尚、知识渊博、教学方法先进、深受师生好评的教师队伍。

王海东表示，与“建设书香校园，做学者型、智慧型教师”的书香校园工程相适应，漯河高中还积极在学生中开展丰富多彩的读书活动，将书香校园工程持续推向深入：在学校的德育品牌“红色教育”系列活动中渗透读书活动；在学校的“修身工程”中融入经典诵读；在校本课程中传承许慎文化；结合节庆日开展专项诵读活动等。

漯河高中的书香校园工程先后为学校赢得全国校园文化建设先进单位、全国青少年“五好小公民”主题教育活动示范学校、中国高等教育学会“十三五”科研课题“中华优秀传统文化与现代语文课堂教学实践研究”实验学校等荣誉称号。

（2018年5月2日《中国新闻出版报》）

让城市建筑散发恒久文化味儿

文 / 韩为卿

嘉宾： 漯河沙澧河建设管理委员会主任　郭新增

河南昌建地产集团董事长　赵建生

正因为有了交汇于漯河城区的被市民称为母亲河的沙澧河，才有了两河沿岸的文化展馆。漯河人对沙澧河的建设管理秉持着“以人为本，以水为本，以河为脉，以绿为美”的宗旨。

沙澧河畔：一条文化长廊

对沙澧河建设最有感情、最有发言权的当属郭新增，他说，漯河是因水而生、依水而建的一座城市。沙澧河在市区交汇并穿城而过，这是漯河独有的自然资源，沿岸留下了诸多文化要素。沙澧河开发建设是漯河市委、市政府推进文化建设作出的一项战略决策部署，主要内容涉及旧城改造、园林绿化、生态保障，尤其是将文化和旅游融合为一体的沙澧河沿岸综合开发改造工程。沙澧河总体规划工程涉及两河岸100公里，分三期实施，目标是打造4个长廊：风景长廊、生态长廊、休闲长廊、文化长廊。其中文化长廊是开发建设的重要内容。

沙澧河开发建设目前已经完成了一期工程，所取得的成效有目共睹。“首先是景色很美。”郭新增说，“我们现在建成了一期工程长36公里的一个生态长廊，并建了30多个主题公园，打造了片林花海，沙澧河现在已经成为漯河的城市氧吧、城市之肺。沙澧河的夜景也很美，因为我们装了5万多盏灯，非常漂亮。”

郭新增表示，沙澧河的开发建设不仅仅是景美，功能也很完善。沙澧河通过沿河各项服务功能的提升，尤其是文化娱乐、体育健身设施的建设，给市民提供了很方便快捷的活动空间。“应该说漯河现在是一个绿水穿城、功能完善、生态宜居的北方水城，沙澧河开发建设对漯河的老百姓而言，可以说幸福感、获得感都得到了提升。沙澧河开发建设现在已成为漯河一张亮丽的城市名牌，被老百姓形象地称为绿色的会客厅。沙澧河建设也取得了一系列荣誉——国家水利风景区、河南省首家体育公园，沙澧河项目获得了中国人居环境范例奖。”

郭新增说，每天有数万人生活、活动在沙澧河沿岸，这里文化氛围非常浓厚。“我们根据人们的不同需求建设了不同的文化主题乐园，给广大市民提供了学习交流的空间。在文化设施建设方面做了大量工作，取得了初步成效。”

郭新增介绍，沙澧河下一步开发建设有三点：第一，继续提升完善一期工程文化旅游功能；第二，在二期开发建设过程中，既要加快推进工程，又要在建设中植入更多的融合要素；第三，在下一步工作中打造智慧景区，使智慧景区平台为全民阅读提供更好的服务，发挥景区应有的作用。

保护性开发：四个文化理念

赵建生表示，城市建设和文化建设必须相融相通，相互联系，相互支撑。城市建设应该遵从历史文化，漯河是一个美丽的城市，更是一个历史悠久的城市，历史积淀非常深厚。“漯河最早叫漯安镇，这段历史可以追溯到7000年以前，比如七音骨笛就有7000年的历史了，还有许慎文化、首善碑等。我们有几十个遗留下来的历史古迹，包括郾城，郾城与漯河是一体化发展的。遵从历史，就是我们要沿着历史的脉络去规划、设计、建设。一定要把漯河的古迹切切实实保护好，同时，要创造性地去修复历史。比如，我们的长业外滩，大家都知道这个地方是寸土寸金，是城市最核心的区域，它的商业价值很大。当时开发长业外滩时就遇到了一个难题，那里的基督教堂有100多年的历史了，留还是不留？漯河近代有两个古建筑，一个是红十字会医院，这个非常遗憾，已经拆掉了；另外一个就是教堂，这个我们保留下来了。当时我们说，这个教堂说啥都不能拆，无论商业价值有多大，这个东西就是不能拆，谁拆了谁就是历史的罪人。现在我们把教堂跟现代建筑进行有机融合，征得市委、市政府同意后，把教堂修旧如旧，因为这个教堂目前已经是危房，必须进行保护性修复。还有我们的首善碑等，都应该保存下来。我们还要做很多项目，这些项目都要去研究漯河历史，遵从漯河历史，发扬光大整个漯河的历史文化。”

郭新增和赵建生一致认为，开发建设沙澧河一定要遵循“四个文化理念”：第一，保护利用好沙澧河文化。对现存的历史文化遗迹进行保护性开发利用和建设。比如大槐树区域、铁溪牛、百年教堂等。第二，整理挖掘一些历史文化。比如许慎文化、汉字文化、戏曲文化主题乐园等。豫剧在戏曲史上占有很重要的地位，其中豫剧四大流派之一的沙河调正是发源于漯河。漯河当时船运很发达，船工号子也是非物质文化遗产，像这些历史文化都要开发利用起来。目前，像这样开发、利用的漯河历史文化区块，再现其历史风貌已有 7 处之多。第三，打造现代文化，弘扬社会主旋律。打造了 12 处现代文化园，以体现现代文化。第四，打造地方特色文化。每年在景区和相关部门的联手下，举办了丰富多彩、群众喜闻乐见的一些文化体育活动，像龙舟赛、幸福漯河梨园行等一系列活动，以满足人们对精神文化的追求。

（2018 年 5 月 2 日《中国新闻出版报》）

读书是一种高质量的生活

文 / 韩为卿

嘉宾：第二届全国“书香之家”获得者、郾城高中校长　王学儒

读者代表、舞阳县第三实验小学教师　梅丹丽

这场访谈，邀请到的两位嘉宾都在学校工作，他们在读书生活中有一致的认识——读书改变生活，读书丰富生活，也有各具特色的收获和体会。

立身立学都以读书为本

“立身以立学为先，立学以读书为本。”第二届全国“书香之家”获得者王学儒以欧阳修的这句名言开始了他的讲话。他说：“我也是一个普通的读者，在漯河书香社会建设中比我藏书多、比我读书多的人有很多，有幸被评选为‘书香家庭’感到十分荣幸。我在平常的读书中也善于写作，凡是有体会的时候，或者身边的事例、社会现象令我有感触的时候，我都会把它总结起来，写出来，以各种形式创作出来。这些年，我发表了几

十万字的诗歌、散文、故事，包括戏曲、曲艺。在创作中也提高了自己的读书兴趣和写作水平。所以说我是一个读书有收获的人。”

王学儒说，在读书中，自己的人生格局和胸怀在不断扩大，富于文化涵养。“现在和邻居、同学、同事或者亲戚朋友接触时，发现大家对我都抱着一种善意和尊重，这种尊重源于对文化的尊重。”

他谈道，在尊老爱幼方面，原来与长辈之间言谈不和的时候可能会抱着据理力争的态度，读了《大学》后，他觉得需要反思自己。“父母有时候跟我们谈问题是站在他的角度想，我则是从我的角度想，所以容易产生矛盾。我现在觉得孩子们有想法的时候，要站在父母的角度想，跟父母沟通，实在沟通不了的，可以说，就先听你的。其实之后孩子并没有按照父母说的做，他只是为了让父母开心。我觉得这是子女应该做到的一点。读书可以使家庭和谐，这是人生境界的一大提升。”

王学儒表示，他们每周都有小的读书会，每月都有大的读书会。“我们经常参加读书会和省里的笔会。参加读书会和笔会最大的好处，除了学到许多知识，包括一些创作知识之外，还可以交到很多志同道合的朋友，明白很多人生的道理，提高之后再变成我们的作品来教化别人。我感觉这是最大的收获。我不论在什么地方、在何种情况下，只要见到书报就会沉醉其中。40 多年的文化熏陶，逐步开阔了自己的视野，不断提升自己的人生格局，增强了人格魅力。作为一名教育者，我将传统文化带进校园，将传统经典格言写在学校的墙上，让每面墙都‘说话’，都成为教育的阵地；在课余时间不断播放经典篇目，让学生耳濡目染，喜欢学习经典文学。在家庭教育方面，我通过自己对读书和写作的热爱影响着全家人，让孩子从小爱上阅读。”

书籍是指导生活的“兵书”

梅丹丽说，读书是她的一种生活方式，已经养成了习惯，就像每天吃饭一样，一天不读书，心中无假想。作为一名教育工作者，她觉得不管从工作来说，还是从个人的成长进步来说，读书都是必须要做的事情。在工作中，读书带给她的影响很大，在读书过程中重新领悟了教书育人的含义。“师者，传道授业解惑者也。现在新课改，强调培养学生情感价值观，不但要让学生掌握技能，学会知识，同时要树立正确的人生观。曾经有一段时间，工作虽然也很卖力，也很负责，但是我缺乏一种高度。通过这些年的读书学习，感觉自己在境界上有所提升，工作方法也有所转变。之前进入课堂的时候是出于一种工作的心态，现在进入课堂之后是分享，与孩子共同成长，这是一种非常强烈的幸福感，所以我很享受我的工作，我也很爱我的那些孩子，是读书让我的工作理念发生了转变。”

梅丹丽表示，生活中，每个爱读书的人都会感染他的家庭，特别是教育孩子这方面，因为自己爱读书，孩子也受到一些影响。比如，在家里随处都可以看到书，不管茶几上，还是床头，包括卫生间，到处都是书。“也就是说，我坐下来随手可以拿到一本书看，就是家庭读书氛围比较好。孩子上初中后，他的老师跟我说作文写得不错。虽然年龄只有 13 岁，但是写作的思想上已经达到了一定的高度。我听了以后知道，我的孩子的写作能力是在我潜移默化的影响下，一点点从小积累起来的。所以说读书带给我们的不光是自己的成长，还有我们的孩子，我们的家庭，包括周围的人共同成长。”

她认为，现在很多人说没有时间去读书，静不下心来，实际上这需要从兴趣入手，先培养兴趣，就是喜欢看什么书就看什么书，当积累到一定量的时候，自然会想涉猎更多的内容。“之前我看书，一般都是看林清玄的，还有周国平的书，因为它们都属于哲思类的书，我喜欢这方面的书。但是后来我觉得，一个人的思想要想真正拓展，阅读的范围应该更广。同时我也是写作爱好者，有一天一个读者给我画了一幅画，说梅老师，你这几年的写作有一个质的飞跃。我说我没感觉，他说他从中可以读出来。其实一个人得先有思想，在思想上、在生活中有自律，生命质量才会提高。”

漯河读书会每次组织活动，只要时间允许，梅丹丽再忙也会跑过去参加。她觉得每个主讲老师的讲话内容都凝聚了自己的人生精华。“我们在那儿短短一个小时、两个小时就可以聆听他们的人生感悟，而且在这样的活动中，我也结交了很多朋友，在我的人生中给了我很多指导和关怀。我们通过读书学习，都会宽容地面对现实的复杂问题，就是有面对现实的勇气，也有改造现实的决心。我们虽然都是渺小的，但是‘苔花如米小，也学牡丹开’。我们如果能活到这个境界，就很完美了。”

最后梅丹丽告诉记者，如果有人问她，是什么让她逐渐成长的？她会说，是生活的经历与阅读。如果把生活比作实战的话，那么书籍就是具有指导意义的兵书。生活是千姿百态的，而书籍道尽人生百态。“每读一本书就是读一种人生，不读书的人的人生只有一种，而读书的人的人生有千百种，而且是可以选择的、高质量的生活。”

（2018 年 5 月 2 日《中国新闻出版报》）

活力郑州　书香绿城

文 / 韩为卿

嘉宾：河南省新闻出版广电局原副局长　李洪青

郑州市副市长　孙晓红

郑州市文广新局党组书记、局长　宋建国

中国新闻出版传媒集团总经理　李忠

郑州是文化古都，是绿城郑州、活力郑州，同时还是书香郑州。连续举办十五届的“绿城读书节”是郑州市覆盖面最广，活动内容最丰富，参与群众人数最多的大型公益性文化活动，也是郑州市开展全民阅读推广工程的重要抓手。“红沙发”访谈首场嘉宾以“绿城读书节”为话题，讲述郑州市全民阅读建设经验。

数字背后的文化全覆盖

郑州市副市长孙晓红亮出今年调查得出的几组数据：今年郑州人均纸

质读书量为 8.9 本，人均阅读时间为 2.1 个小时。此数据正是郑州市长期持续开展读书节等各类活动的成果。孙晓红认为，“绿城读书节”是一个非常好的品牌，这对于提升市民文化素质，提高城市软实力和美誉度起到了良好的助推作用。孙晓红介绍，下一步郑州市的全民阅读工作要从三方面进行推进：一是突出价值引领。激发郑州知名学者、作家、文化名人的创作热情，加强精品生产，加大内容推介，让市民有新书读、有好书读，满足人民群众不断增长的高质量文化需求。二是推动建立和完善对困难群体的文化帮扶机制，注重扶贫同扶智相结合，扩大帮扶范围，为困难群体提供阅读保障。三是建立“政府倡导、专家指导、社会参与、企业运作、媒体支持”的全民阅读机制，充分调动各方力量和优势，修筑多方参与的高速通道。

孙晓红提到，郑州积极做好各方面公共服务体系保障。在乡村一级建设基本公共文化服务中心，市区建设图书馆总分馆制，互联互通，便于市民随处借阅随处归还。2009 年，郑州市政府出资 6 个亿建设了新的图书馆，共有藏书 118 万册。另外，投资 300 亿元的郑州文化中心将于今年年底完工，中心建成后既有文艺博览中心，还有市民活动中心，是一个功能齐全的公共文化服务中心，将为全民阅读提供服务平台，做到全民阅读全市全覆盖。

爱阅读的城市可圈可点

据不完全统计，15 年来，“绿城读书节”邀请各方面专家 800 多人，共同参与到读书活动当中；举办各类读书讲坛、读者见面会、新书分享会、全民售书活动 1 万多场次；活动还为贫困山区和弱势群体募捐图书 30

多万册。在全国“书香之家”评选活动中，郑州市共有 15 个家庭荣获全国“书香之家”称号。

原河南省新闻出版广电局副局长李洪青介绍，河南省委省政府一直高度重视全民阅读：一是以积极协调推动出台《河南省人民代表大会常务委员会关于促进全民阅读的决定》为新动力，促进全民阅读法制化。二是以积极筹划建设“书香中原”全民阅读数字化平台为新手段，提升公众数字化阅读消费满意度。三是以持续着力打造“书香中原”阅读品牌为新抓手，促进读书活动多样化。四是以筹划建立省全民阅读指导委员会为新机制，更好促进全省全民阅读工作向常态化、规范化发展，让全民阅读工程建设为谱写新时代中原华彩篇章助力添彩。

每次来到郑州，都给中国新闻出版传媒集团总经理李忠留下深刻印象。他为郑州全民阅读总结了五大亮点：厚重的历史文化、政府的支持力度、完善的公共文化服务设施、广大市民对于读书的热爱，以及阅读志愿者的组建，这些都为这座城市增添更多的人文风景。“五大亮点，让郑州这座爱阅读的城市有了可圈可点的解读，相信它的明天和未来会更加美好。”李忠说。

让市民共享阅读成果

“全民阅读首先是公共文化服务体系建设，政府部门要以群众的阅读需求为工作出发点，做好各类场馆的建设、公共文化基础设施的建设、基层文化服务中心的建设。同时，动员民间组织加大推广阅读活动，搭建阅读平台，发挥媒体宣传推介作用，引导大家参与到读书活动中来。”郑州市文广新局党组书记、局长宋建国说。

在宋建国看来，郑州市的全民阅读工作呈现三个特点：

一、组织机制日趋完善。2004年，首届“绿城读书节”就成立了以市委宣传部主要领导牵头的绿城读书节组委会，形成了以市委市政府为主导、20多家成员单位共同参与的全民阅读推广模式。2017年，郑州市成立了由市长牵头的全民阅读指导委员会，确保各项任务分工明确，落实到位，使得全市全民阅读工作逐步向常态化、制度化、体系化、项目化方向发展。

二、动员社会力量广泛参与。通过“绿城读书节”活动的开展，涌现出一大批热爱阅读、热心公益、心系社会发展的人士，他们为了带动身边人的阅读，发起建立爱心书摊、免费书院等一系列读书活动。很多实体书店还举办公益讲座，或者为社区居民提供免费借阅服务。

三、高度重视数字化阅读。相关部门在部分有条件的农家书屋配置数字阅读设备，通过新媒体开展120场线上线下的阅读活动，传播人数超过150万人，很多市民通过手机等移动设备扫码就能够共享到图书馆丰富的电子图书信息。

（2018年11月30日《中国新闻出版报》）

阅读凝心　成风化人

文 / 韩为卿　吴明娟

嘉宾：新密市人民武装部部长、全国首届“亲子阅读书香之家”获得者　马昕

国家电网河南经研院“悦读”协会负责人　马杰

郑州市文化路第一小学校长　侯清珺

郑州市图书馆馆长　李红岩

郑州的全民阅读推广有坚守，更有创新和突破，充满活力的全民阅读生态业已形成。访谈嘉宾是在全民阅读工作中亲力亲为，有创新成果，为郑州书香城市建设作出贡献的读书达人，他们为大家分享了书香家庭、职工书屋、书香校园和图书馆建设的经验和亮点。

读书修身传承好家风

获全国首届“亲子阅读书香之家”荣誉的马昕介绍，自己读书最初缘

于提高业务水准。马昕军校毕业分到连队不久，便被调到团机关做新闻宣传工作。第一次他参加师里组织的新闻会战，稿件写得并不理想。为尽快提高新闻业务能力，马昕抓住点滴时间学习，经过努力，第一年就在中央和省市媒体刊发 138 篇稿件。此后，马昕便把被动读书变成了主动学习。

郑州市妇联多年来一直开展“书香飘万家”亲子阅读、“书香家庭”创建等活动，马昕深受启发。他把读书融进家风中，并注重借用书中的故事和方法，培养孩子的自我管理能力。

为拓宽正能量传播渠道，马昕还配合所在的二七区交通路社区成立了“马昕工作室”，将家风建设的经验做法进行了集中展示，定期开设“居民课堂”，邀请“感动中国”人物高新海、王宽等先进典型，共同为社区居民进行义务咨询服务。在他们的带动影响下，社区居民与人为善、团结协作、勤勉治家、敬业奉献，风气得到很大提升。

打造特色阅读活动品牌

国家电网河南经研院依靠“悦读”协会组织的读书活动，营造了风清气正的阅读环境。该协会负责人马杰自己就是阅读爱好者，对于如何做好阅读推广工作，她有三点体会：自己坚持阅读；不断吸收、创新各种阅读推广经验；深信推广阅读是一件利人利己的事。

在创建职工书屋的过程中，马杰和她的同事走访了全国各地很多知名书店，吸收借鉴它们的设计特色，并结合单位的实际，构建富有现代特色的读书空间。目前，职工书屋拥有藏书 5000 多册，并根据员工的读书需求定期更新。

马杰介绍，“悦读”协会一直引导大家有计划、有目的地进行阅读，协会坚持定期开展读书沙龙活动，分享阅读心得。此外，围绕世界读书日，协会还开展了“共读听书”“字里行间”等活动，打造了经研院特色的“人间四月天 读书莫等闲”活动品牌。

阅读根植学校文化建设

创建于 1927 年的郑州市文化路第一小学，有着悠久的建校历史。近年，学校全力打造书香校园并取得显著成效，被河南省教育厅评为首届“河南省书香校园”。

对于如何打造书香校园，校长侯清珺有着自己的看法：把阅读根植于学校的整个文化体系当中，将之作为践行办学思想，实现育人目标的重要行动支撑，践行“以文化人，激发阅读潜能；知行合一，培育终身读者”的阅读理念，通过阅读丰富学生的人生。

“学校就是一座开放的阅读中心。”这也是郑州市文化路一小的校园文化。侯清珺介绍，今年学校和大河书局共同建设了一座校园阅读中心，面积约 2000 平方米，分上、下两层，可同时满足 3 个班级上阅读课，中心设有阅读教室、沙龙研讨区、多功能报告厅等，功能非常齐全。

侯清珺介绍，学校和大河书局深度合作，创建了一个智能管理平台，它有多种功能：一是线上借阅、线下配送；二是能让家长及时了解孩子阅读情况；三是测试评估阅读效果；四是记录和跟踪个人的阅读情况，形成个人阅读报告，通过一些建议形成学校阅读计划，也为品质阅读提供科学的数据。

提供优质、高效阅读服务

近几年，郑州市图书馆为丰富广大市民的阅读需求，开展了200多场形式多样的读者活动，其中“天中讲坛”已经成为有影响力的品牌活动。

郑州市图书馆馆长李红岩介绍，今年4月23日，郑州市图书馆举办了“新时代 新征程 新作为——2018年最美读书人”系列活动，受到广泛好评。另外，图书馆还利用寒暑假及传统节假日举办“图乐”系列公益活动，让读者既能够看书、听讲座、观展览，又能够学知识、长见识。此外，图书馆还设置了8处24小时街区图书馆、2处晚间24小时阅读空间、20多个分馆和阅读站。2014年以来，郑州市图书馆与郑州14个县（市、区）以及跨区域的南阳、漯河等13个县（市、区）图书馆建立了图书馆服务联盟，实现了通借通还、资源共享。图书馆还结合学校、企业、部队和银行建立了35个爱心漂流点，拥有流动图书2万多册，会员达2万多人，让分享借阅形式不断丰富。

李红岩透露，郑州市图书馆计划在一两年内，选取100个左右的服务点建设24小时信用智能网借平台，希望通过此举为读者提供更为优质、高效、人性化的阅读服务。

（2018年11月30日《中国新闻出版报》）

书房灯光　启智育人

文 / 韩为卿

嘉宾：郑州市新华书店党委书记、总经理　刘亚

大河书局有限公司董事长　李建峰

松社书店代表　刘磊

“我在书店”代表　胡泊

营造 15 分钟文化阅读生活圈

郑州市新华书店拥有河南最大的图书零售业网点，郑州市新华书店党委书记、总经理刘亚开宗明义：新华书店肩负着“国家队”的政治责任，一直保持高度的政治责任意识，坚决维护图书市场秩序，坚决抵制非法出版物，为广大读者提供周到便利的服务，树立了优质经营品牌和良好信誉，赢得了客户单位及广大读者的好评与信任，连续多年被表彰为“讲信誉、重服务”单位，郑州购书中心先后被授予“新华 70 名店”“全国图书

零售业公众最满意十大书城”等荣誉称号。

2017年，郑州市新华书店的销售总量达到3.81亿元。郑州购书中心旗舰店完成转型升级，营业面积达1.8万平方米，图书品种达30余万种，设有精品、法律、旅游地理、科普、音乐、美术等专业书馆，引进了餐饮、教育培训、体育产品、办公用品、文房四宝、电子数码产品、儿童游乐园等多元化服务，以一站式文化服务理念，创新了文化综合体经营模式。

郑州市新华书店还相继打造了充满浓厚学术气息的大学路店、“中国最美书店”西区中原万达店、郑州时尚阅读新地标北区国基路店、提供3000平方米城市文化会客厅的郑州南区桐柏路店。位于花园路商圈的建业凯旋广场店、位于北大学城的惠济万达店、位于郑上新区的上街书店，也将于近两年陆续开业。通过不断伸展“书香延长线”，郑州市新华书店为市民提供15分钟文化阅读生活圈。

刘亚介绍，2006年，郑州市新华书店面向全市青年招募志愿团队，目前，招募的阅读志愿者近2000名，他们来自40多所大学。为了提升全民阅读的热情，展现出青年的朝气蓬勃，阅读志愿者团队组织了1000多次公益活动，参加的人数达到80多万人。

“四点半现象”的破解之路

大河书局有限公司董事长李建峰介绍，到目前为止，大河书局已经筹建了15家实体书店，同时他们与中国邮政合作，7家大河邮政书吧正在装修。

学校“四点半现象”是目前社会上高度关注，又急需解决的一个问题。郑州市金水区的纬五路第二小学、文化路第一小学开设的校园阅读中心，其目的是针对放学后的孩子，在家长还没有下班时，把他们吸引到阅读中心读书、写作业。

李建峰说，阅读中心不仅受到家长们、孩子们喜欢，学校也支持有加。设立这样的校园阅读中心，是一种接地气、惠民生的创新，希望这种创新模式能够快速地在全省乃至全国复制，因为它有望破解中小学“四点半现象”的难解之题。李建峰信心满满地表示，有望在一到两年内将这种模式快速植入到更多学校。“我们希望通过这种模式，让孩子到小学毕业时能够阅读 200 本到 300 本书。”李建峰透露，未来 3 年，大河书局将在全省计划投资 2.63 亿元建设 1000 家校园阅读中心，辐射 200 万个家庭和 800 万名中小学生，让这个庞大的阅读工程在中原大地开花结果。

打造“松社我来讲”品牌

开设一家书店一直是刘磊的一个梦想。郑州松社书店创办人刘磊介绍，由松社书店重点打造的拳头产品——“松社我来讲”，在国内同行业、出版界以及读者群体中已经积累了良好口碑，从 2016 年下半年开始，讲座的品质实现了很大提升。松社书店邀请的嘉宾偏学术类，与大部分书店的“轻阅读”风格有很大区别。这也导致一个现象，就是参加松社书店讲座的读者实现老中青全覆盖。读者很认可书店的理念，每月初询问本月活动的人非常多。

从过去的找自己身边人做客“松社我来讲”，到现在不少文学家、历史学家、经济学家、艺术家、设计师、摄影师、学者等因为松社书店慕名来到郑州，开办的讲座无论在邀请的嘉宾方面，还是在活动的频率、品质、效果方面，都体现了高品质和公信力。通过松社书店的讲座，与书友们一起分享读书心得，刘磊享受到了人生从来没有过的快乐。

刘磊说，他还有一个梦想，那就是，在这座城市，希望每个家庭最晚熄灭的是书房的灯光，而不是手机的荧屏。

“我在书店”集多功能于一身

“我在书店”的创立源起于一次聚会，那时恰逢胡泊大学毕业 15 周年。在同学聚会上，有 8 个热爱阅读、热爱郑州的小伙伴越聊越合拍，于是就创办了这样一个书店。“我在书店”自 2015 年创办以来，已经成为郑州本地一家知名度较高的书店。从创办初期的城市阅读网红打卡地，到现在发展成为定位郑州、服务社群、深入社区、扎根基层的集文化活动、阅读引领、生活美学于一身的实体综合书店，“我在书店”已经探索出了属于自己的发展模式。

说起书店的名字，胡泊介绍，“我在”得名于法国哲学家笛卡尔的“我思故我在”。胡泊和他的同伴们希望“我在”能激发个体的思考、人际的交流、思想的碰撞。“我在书店”自创办以来，日均到店约 300 人次。最开始活动由他们自己组织，后来发展为书友们自发组织。热情的书友不计得失，让胡泊非常感动，也为他办好“我在书店”提供了强大动力。

（2018 年 11 月 30 日《中国新闻出版报》）

书香情怀　代代相传

文 / 韩为卿

嘉宾：书香家庭代表　蔡增俊
阅读之星代表　李梅斌
阅读志愿服务者代表　乔涛涛

他们身份不同，但都是读书达人；他们年龄有长有幼，但都是书香的播撒者和传承者。在“红沙发”访谈现场，书香家庭代表蔡增俊、阅读之星代表李梅斌、阅读志愿服务者代表乔涛涛分享了各自的读书故事与感悟。

书香情怀代代相传

看起来只有60多岁，实际上已是81岁高龄的蔡增俊，生活在一个五世同堂之家。蔡增俊的父亲蔡子彬今年已经101岁，但身体健康。生活中的蔡子彬喜欢读书，特别热爱书法。在私塾受启蒙教育时，蔡子彬读过

《三字经》《百家姓》《论语》《中庸》《尚书》《左传》等。他还能写一手好字，是远近闻名的馆阁体书法家，郑州许多门店招牌、碑刻都出自他的手。平常，他很喜欢阅读医药类和书法类图书。蔡增俊介绍说，父亲不管生活多么困难，哪怕少吃少穿，他也要把喜欢的书买回来。他的父亲常常教育晚辈：只有多读书，思想才能进步，思路才能开阔。

蔡增俊的家里有藏书 7000 余册，一家人喜欢购书、读书，还喜欢收藏报纸和剪报，每年花费 1 万多元用于买书和订报。因为家里有丰富的藏书，街坊邻居都喜欢到他家去借阅。他从 1958 年开始剪报，至今一共剪了 60 册。之所以热衷于剪报，蔡增俊说："里面很有学问，涉及时政、健康、书法、地方志、文史等多种知识。"蔡增俊爱好地方文史的收集，整理出版了 5 本相关图书，他的儿子也爱好地方文艺，出版了 3 本相关书。

访谈中，蔡增俊分享了他们一家人读书的两点感悟：一是学以致用，二是读书使人长寿。很多人好奇地问他父亲和他的长寿秘诀，他说答案就是读书。因为书里有很多科学知识和乐观源泉。

给孩子推荐优质图书

李梅斌是一名编辑，平常跟文字打交道，她说，自己喜欢读书是小时候受家庭的影响。她的父亲喜欢读书，家里订阅了很多报刊，有很多藏书。她在父亲的影响下，读了很多经典文学作品。一次偶然的机会，她得到一套"世界民间故事丛书"，她特别着迷，因为书的装帧设计、插图都是高水准的。现在回头再看，阅读不仅为她打开一扇通往外在世界的大门，而且给予她美学方面的滋养也是深远的。

曾经有10年时间，李梅斌的工作是给青少年选书，每年她都会关注多家出版社的青少年读物，然后分类，最后写出评价，推荐给读者。在李梅斌看来，这是一件很有意义的事，阅读需要从娃娃抓起。面对海量的新书，很多家长和孩子不知道好书在哪里，也不知道该怎样用有限的时间去阅读最好的书，而这就是她需要做的事情。

让她感到欣慰的是，很多家长和孩子会去购买她推荐的书，有的还会给她发来书评。2010年，李梅斌收到一封很长的读者来信，这位读者是一个14岁就退学的女孩子，因为患有类风湿病，只能停学在家。为了安慰这个女孩，李梅斌给她寄了很多书，还给她打电话，鼓励她在家里阅读、写作。慢慢地，她开始写作。后来在李梅斌的帮助下，她发表的几篇作品受到当地媒体关注，还陆陆续续获得一些奖项，于是，她对写作就更加有信心了。2015年，她还出版了自传体小说《梦想在110厘米之上》，这件事情对李梅斌的触动很大。“青少年阅读需要引导，希望他们不仅多读书，还要读好书。”李梅斌说。

创新阅读志愿服务

河南小蚂蚁志愿服务队、郑州市众义青年志愿服务中心召集人乔涛涛，聊起他和伙伴们的阅读推广故事，还要从一次偶然的捐书助学活动开始。

2013年，乔涛涛在捐书助学活动中发现，很多地方虽然捐到了书，但他第二年再去的时候有些书都没有动过。这让乔涛涛想到，光捐书是不够的，怎样让大家把图书翻开，真正地去阅读，如果能做好这件事，效果肯定要比单纯捐书好得多。于是他就思考能不能创新一种公益形式，最简单的莫过于找一张桌子，上面放上几本书，再配上几个凳子，放到有人路过的地方，吸引恰好有空闲的读者坐下来读一读。

2013 年 6 月 30 日，在省文明办组织的一个活动上，乔涛涛和他的伙伴们设计了一个小书摊，当时的名字叫“爱心书摊”。没想到，这个创意得到了郑州人民公园工作人员的支持，于是他们就把这个小书摊摆到了郑州人民公园。“每到周末，我们的志愿者到现场摆上桌子，放上图书，路过的游客，包括附近的居民就可以坐在那里读书了。”乔涛涛说。

过了一段时间，乔涛涛和他的伙伴们把书摊的情况，通过微博、微信发到网上，目的是想让更多人看到，原来在优美的公园，还能这么安静地读书。2017 年的学雷锋日，他们把书摊摆到了郑州月季公园，另外，每逢周末也在那里开展读书活动。刚开始，他们担心书会不会越看越少，后来发现这个担心是多余的——最开始只有 100 多本，看来看去，现在变成了 2000 多本，原因在于很多市民再来看的时候，就把自己的书带来放到书摊上，还有的人买来新书也送给书摊，所以书就越来越多。

乔涛涛和他的伙伴们了解到，现在乡村图书资源比较匮乏，不如把一些图书送到农村小学。于是，他们今年做了一次创新，送书之前先做调研，和村干部一起入户统计，了解他们最喜欢读什么书，把书名收集上来，回城后通过微信公众号发布书单，这样有的放矢可以根据书单捐书，用他们的话来说，这叫“精准送读”。

在“绿城读书节”总结会上，郑州市文广新局曾这样评价小蚂蚁志愿服务队的工作：这个书摊虽然小，但它能让想读书的人马上能读到书；它能让有爱心的人，能够奉献爱心。通过网络平台的广泛宣传，像华北水利水电大学的学生们，又把书摊模式复制到郑州紫荆山公园，再通过学生的广泛宣传，社会辐射面变得更大，小小书摊一下子就变成了读书人捐书、换书、看书的“集散地”。

（2018 年 11 月 30 日《中国新闻出版报》）

后 记

“书香中国万里行”大型巡回采访活动写入了国家《全民阅读“十三五”时期发展规划》，由中国全民阅读媒体联盟与中国新闻出版传媒集团联合发起，目前已经成为全国范围内在全民阅读推广与传播领域最具知名度和影响力的国家级公益文化品牌活动，“红沙发”高端访谈则是其中的一个重要组成部分。首先，全国200余家媒体机构积极参与到全民阅读“进机关、进社区、进校园、进农村、进家庭、进军营、进书店、进图书馆、进网络”等重要领域和环节的深入采访报道中去。

然后，与之相配套，中国全民阅读媒体联盟联合各大媒体机构，特邀全民阅读的倡导与发动者、作家、出版家、书店经营者、热心读者、文化名家、荐书人、评书人、阅读推广人等等，做客“红沙发”，通过深度的、专题的阅读访谈和全媒体的传播，更深入、更系统、更专业、更广泛地推广阅读理念、总结阅读经验、营造阅读氛围、分享阅读快乐，让作家与出版人联手，创作和出版更多高质量的图书，让好书找到更多的好读者，让好读者找到更多好书，“红沙发”高端访谈，要努力成为出版发行界的文化“风向标”，成为广大爱书人的阅读“指南针”。

伴随着政治的昌明、社会的进步、经济的繁荣与科技的发达，当阅读逐步成为每一位公民的日常习惯和生活方式，当每一个中国人都渐渐以阅读为乐、以书为友、与书为伴、拥书而眠，从城市到乡村、从懵懂少年到耄耋长者、从田间农夫到军营官兵，无不沉醉于馥郁的书香之中，到那时，我们这个民族的阅读力、学习力、想象力、创新力、创造力就一定能够真正强健起来，国家的强盛、民族的复兴、人民的幸福，就一定能够真正实现。一个热爱阅读的民族，是充满无限希望的。

本书选录了“红沙发”高端访谈 2015 年至 2018 年度的部分内容，感谢中宣部干部局、文化体制改革和发展办公室资助的文化名家与“四个一批”人才课题专项经费，使本书得以按时出版；感谢中国全民阅读媒体联盟顾问、韬奋基金会理事长聂震宁先生为本书作序；感谢中国出版集团研究出版社，精心策划和推动本书的出版。

“德不孤，必有邻”。这些年来，为了推动全民阅读国家文化战略在全社会的入眼入耳、入脑入心、落地生根，中国新闻出版传媒集团领导班子和全体员工，在台前幕后为“书香中国万里行”及“红沙发”高端访谈的持续成功举办，默默付出了心力，中国全民阅读媒体联盟的专兼职工作人员，利用业余时间为本书内容的选编，加班加点，毫无怨言，作为本书主编，在此一并致以诚挚谢意。

李　忠